S級勇者は退職したい！

主な登場人物
スピカ
サブローの幼馴染。精霊に愛された少女。数多の精霊と契約している。
サブロー
S級勇者で王国最強パーティ【原初の《ファースト・》家族《ファミリア》】のリーダー。勇者を辞めたいと思っている。
ラズリー
魔術と魔法の天才。サブローに対して執着する気質があり、とにかくずっと一緒にいたいという気持ちを抱いている。

ララウェイ
サブローと契約を交わした吸血鬼。同族とのいざこざに巻き込まれて魔族からも孤立している。
シラユキ
ラズリーとは別ベクトルの天才。相手の虚を衝く動きなどに長けていて、オリジナルの魔術や武術なども開発している。
ドラゴン
元闇ギルドに所属していたギャング。不屈の闘志を持っている。どんな強敵相手にも必ず立ち上がる。頑丈さと屈強さが売り。
フーディ
B級勇者。【竜虎の流星《ダブルスター・ダスト》】のリーダー。自分がリーダーを務めることに強くこだわっている。
ププムル
B級勇者。【虹色の定理《ラスト・パズル》】のリーダー。サポート系の魔術に長けている。

Contents

S級勇者は退職したい！

橋本秋葉

イラスト
憂目さと

1章　僕は勇者を退職したい

「【ハートリック大聖堂】より宣告いたします。――既に女神の力は失われつつあります。やがて、魔神が復活することになるでしょう。そうなればこの世界、【惑星ナンバー】は滅びに向かうことになります。ゆえに、いまこそ求められているのです。――真に勇ましき、勇者の台頭が」

◆◇◆◇◆

さて。

さて。というのが口癖である僕という人間の現在地点はどこにあるのか？　というのは匂い立つ酒精を嗅げば誰にでも分かってしまうだろう。

【ライネルラ王国】王都の一等地に拠を構える、一般的な大衆酒場。

僕は酒場の中に視線を這《は》わせる。夏のゴールデンタイムということもあって酒場には喧噪の気配が充満していた。大声で哄笑《こうしょう》を響かせる冒険者集団もいれば、取っ組み合いになって大男を壁にぶん投げているオークの傭兵もいる。胸元を大胆にひけらかして男を誘惑しているサキュバスもいれば、パーティー解散の危機に陥っているのであろう不穏なパーティーも。

ところで僕はそれなりに有名な立場であることもあって本来であればこんな大衆酒場には来られない。絡まれたりするのが目に見えているからだ。……まあ絡まれるといっても悪い絡まれ方ではない。むしろどちらかといえば好意的だろう。ただ好意的だからといって必ずしも嬉しいものであるというわけではなく……難しいものだ。

とりあえずいまはパーティーの魔法使いに気配遮断の魔術を掛けてもらっていた。

「――で？　サブロー先輩。わざわざ可愛い後輩ちゃんを酒場に呼び出してるわけっすから、ちゃんと昔の話を聞かせてくれるんすよね？　いままでみたいに小出しにするんじゃなくて、ちゃんとちゃんとちゃんと教えてくれるんすよね？」

カウンター席の隣で意地悪に問いかけてくるのは通称ダークちゃん――【サラミナ高等学園】時代から付き合いのある、僕の可愛い後輩ちゃんである。

色の濃い黒髪のショートカットに、まばらに入れられたプラチナのメッシュ。服装は夏ということもあって薄着だ。ハーフパンツからは健康的に焼けた肌が剥《む》き出しになっている。まったくもって目に毒である。とはいえ見慣れてもいるわけだが。

僕は鼻から息を吐き出してから言う。

「小出しは小出しでも、一応はちゃんと聞かせてるだろ？　……ていうか僕、今日は自分の愚《ぐ》痴《ち》を言いに来たんだけどなぁ」

「それはさらっと聞いたんで別にいいっす。合同パーティーっすよね？　ダンジョンXに指定されてる【トトツーダンジョン】の調査で、合同パーティーを組むことになったと」

「そうそう！　酷いんだよまったく！　マミヤさん。マミヤさんって知ってるだろダークちゃん。あの人がさあ」

「その話は別にいいですって。勇者になった経緯とか教えてくださいよー。ほら私、蒸し返すつもりはないっすけど、当時いきなり先輩が冒険者になったって聞いて驚いたんすからね？　しかもその後すぐに勇者になって……。史上最年少でしたよね？　18歳での勇者って」

「まあ、ね。でも王国では最年少ってだけで、しかもそれ、5年前の話だ」

こくこくこくこく。僕は透明なジョッキを口元で傾けて黄金のエールを喉に流していく。エールは熱の流れとなって僕の喉奥から胃へと落ちていく。

5年前の話だ。僕が勇者になっ、てしまったのは。

「マジ、当時の私はびびり散らかしましたよ。別に私、先輩のことそんなに凄い人だって思ってなかったんで」

「いや、僕は凄くないんだけどね。まったくもって」

「18歳ですぐに【勇者の試練】に合格したくせにっすか？」

「うん。僕は全然、大してことしていないんだよ。本当に」

「風の噂で聞きましたよ。あの【ネルトン洞窟】を3日で踏破したんすよね？　先輩。それも最速記録だって聞きましたけど？」

流し目でダークちゃんに見つめられて僕はまたジョッキに逃げる。エールを流し込んでいく。

ちなみにダークちゃんは既に5杯以上も飲み干した後だ。彼女は酒豪なのである。

ぷはあ。豪快な息を吐き出してから彼女は二の句を継ぐ。

「まあでも、先輩のお仲間も凄いんでしょうけどね。私は会ったことがないんで分からないっすけど。確か、勇者になるためには前提条件がありますもんね？」

「あるね。……なんだっけな」

「なんで先輩が覚えてないんすか。……まず、4人以上の冒険者パーティーのリーダーであることっすよ」

「ああ！　確かにそういう感じだった。うんうん」

「あとは――パーティーに所属している冒険者の全員が、B級以上の等級であること」

「そうだ！　B級冒険者か。懐かしいな。そういえばみんな5年前はB級冒険者だったのか」

「そうっすよ。5年前っすから……18歳ですか。うわあ。そう考えてみるとマジ、先輩のパーティーって化け物揃いっすよね。いまや王国最強の勇者パーティーなんだから当たり前なんすけど。しかも皆さん同い年ですしね」

①4人以上の冒険者パーティーのリーダーであること。

②リーダー以外の冒険者がすべてB級以上であること。

③【勇者の試練】を、全員生きて突破すること。

これが勇者になるために必要な3つの条件だ。そして僕は18歳のときにすべてを満たして勇者となった。……勇者は普通の冒険者とは違う。冒険者は、いってしまえばフリーランスの立場にある。つまりはなんの義務も発生しない。しかし勇者には義務が発生する。そして出身国の冒険者協会に所属することが決定付けられている。

だからここ5年間、僕は勇者という名の職業に就《つ》いている立場にあった。

「まあ、切っ掛けは全部、僕のイタい勘違いから始まったんだけどね」

「？　なんすかそれ。初耳なんすけど」

「初めて喋《しゃべ》ったからね。……言葉通りだよ。イタい勘違いだ。子供の頃の話だけど」

興味深そうに瞳を大きくさせながらダークちゃんが追加のエールを注文する。そして届けられたジョッキをダークちゃんは浴びるように飲み干していく。唇から垂れた黄金の雫《しずく》は綺麗《きれい》な輪郭から垂れて胸元に吸い込まれていった。

そしてまた豪快に息を吐き出してからダークちゃんは言う。

「興味ありっす」

「ただのイタい勘違い話になっちゃうけど」

「ウェルカムっすよ。っていうか、子供の頃なんてみんなそんなもんじゃないすか？　大抵の子供はみんなイタい、いわゆる根拠のない自信ってのを持ってるもんすよ。とはいえ……ちなみにどんな子供だったんすか？　先輩は」

目を輝かせるダークちゃんの表情は清々《すがすが》しいほどの好奇心でいっぱいだ。

さて。

一番初めのイタい勘違いはどこにあるのか。

まずは3歳のときにスピカと出会ったところから始まる。

——当時の彼女を思い出す。鴉《からす》の濡れ羽にも似た長い髪の毛に、すこしブルーが混じっている。瞳は大きく、穢《けが》れを知らず、純粋に黒い。スピカは子供の頃から完璧だった。大人たちの間でも小等学園に入学する前から神童と噂されていた。そして幸か不幸か、僕はスピカの向かいの家に住んでいる同い年——つまりは幼馴染《おさななじ》みだった。

周りに同年代は少なかった。ゆえに僕とスピカが仲良くなるのは必然だった。……いや。たぶん僕とスピカは仲良しすぎた。思い返してみればずっと一緒だった。起きてから眠るまでずっと一緒にいた。それはもはや家族と変わらない。

そうして、想像してみてほしい。

世界に100人といないであろう天才が、ずっと一緒という生活を。

もしかするとそれは人によっては苦しい環境なのかもしれない。「なんであいつにはできて僕にはできないんだ！」みたいに思って拗《こじ》らせてしまう世界線というのも存在していたのかもしれない。

でも、僕はスピカと違って馬鹿だった。

だからスピカに「大丈夫だよ！　サブローくんには才能があるんだよ！　私よりも凄いんだよサブローくんは！」となにかと励まされるたびに僕はそれを世辞ではなく真実として受け止めていた。僕にはとっても凄い才能があるんだ！　僕はスピカと同じくらい天才なんだ！　なんて。

さらに僕の家族もいけない。両親も姉も妹も、たとえ僕が粗相をしようとも「反省していれば偉い。間違えたっていい！」と常日頃から僕という人間を認めてくれるスタイルであった。

だからさらに勘違いは増長していった。

そして……ああ。あの幼い頃のサブロー少年は、夏の夕暮れ刻の公園において、スピカと約束を交わすことになるのだ。

サブロー少年は砂場の表面を蹴るようにしながら言った。

『ねースピカ。ぼくさ、大人になったら勇者になりたいんだ！』

『勇者？』

『うん。絵本で見たんだ、勇者！　かっこいいんだよ！　真っ白な鎧を着ててさ、剣も光っててね、魔術もずばーん！　ばこーんって感じでね！』

『へぇ！　うん！　サブローくんかっこいいから、ぴったりだと思う！』

『……そうかな？　なれるかな？』

『なれるよきっと！　サブローくんは凄いもん！　絶対になれるよ！　勇者！』

『えへへ。……じゃあ、スピカはどうする？』

『私？』

『うん！　スピカはスピカは？　大人になったらなにになる？』

『私は……じゃあ、サブローくんの、仲間』

『仲間？』

『うん。最初の仲間だよ！　勇者になったサブローくんと一緒に冒険するの！　……いいかな？』

『もちろん！　よし。僕に付いてこい！』

なんて。

「……へえ。先輩、中々に微笑ましいじゃないっすか？」

「まあ、そうだね。まだ小等学園に入学する前の年齢だしね」

それから僕はスピカと一緒に王都の小等学園に入学する。小等学園は５年制である。６歳から10歳までは王国民の義務として教育を受けなければならない。そして問題は３学年に上がったときに発生する――ドラゴンとの出会いだ。

ドラゴン、といっても龍のことではない。あまりにも邪知暴虐《じゃちぼうぎゃく》。売られた喧嘩《けんか》は１００倍にして返し、たとえ小学生の身であっても腹が立ったら大人にさえ拳を振るい、さらに不屈の闘志で絶対に膝を折らない男子。ゆえに付けられたあだ名が、ドラゴン。

そして――僕はドラゴンという悪逆の男とも仲良くなった。そしてドラゴンもなぜか僕を認めて僕の勘違いを増長させてきた。さらにさらに中等学園では――当時から数多《あまた》の魔術と魔法を会得して11歳の身で【王国魔術団】の第一師団からスカウトを受けていたラズリーとも出会う。このラズリーもまた僕の勘違いを増長させる奴だった。さらにさらに高等学園では飛び級で卒業したシラユキ――どんな体術・技術《スキル》であろうとも一度見たならば完璧にコピーしてしまう天才と出会って仲良くなる。そして例に漏れず……割愛。

「シラユキさんかぁ。飛び級で卒業していったから会ったことないんすよねぇ」

「残念。会えばダークちゃんもメスになっていたと思うよ」

「なんすかメスって……」

「言葉通りだよ。魔性《ましょう》の王子なんて言われてるからね、シラユキは」

ダークちゃんはそこでなぜか拗《す》ねたように唇を尖《とが》らせる。

「にしても先輩、どんだけ幸運なんすか？　普通、そんなぽんぽんと天才とは出会えないっすよ？　仲良くもなれないっす」

「……そうかな。幸運。幸運かぁ。まあ。幸運ではあるんだろうな」

しかし好意的な絡まれ方が必ずしも喜ばしいものであると限らないように——運に恵まれていることが必ずしもプラスに働くわけではないと僕は思っていて——いや。やめておこう。考えても仕方のないことは考えないのが僕の主義だ。

とにかく——当時自分には才能があると勘違いしまくっていたサブロー少年は、決定的な間違いを犯していた。それはつまり勧誘——なんと当時のサブロー少年はスピカだけではなくドラゴンやラズリーやシラユキにも「僕が勇者になるから、みんなでパーティーを組もう！」と声を掛けていたのだ！

ああ。

僕は蓋《ふた》の外れた大釜から滲《にじ》んでくる感情を誤魔化《ごまか》すようにジョッキを持つ。黄金の液面を見下ろす。エールには僕の顔が映っている。……情けない僕の顔が。

才能があれば良かった。センスがあれば良かった。絵本の中に描かれていた勇者のように光り輝く剣を握れるだけの力が欲しかった。どんな魔族をも討ち倒せるだけの魔術の素養があれば良かった。でもなかった。僕にはなかった。才能もセンスも力も素養もなにもかもなかった。たくさん足掻《あが》いて藻掻《もが》いて頑張って頑張ってみんなに追いつこうとして――でも追いつけなかった。

追いつけないまま23歳を迎えて、僕は現在地点に立っていた。

「うん。まあ、これが一連の流れというか経緯というか。……現実はそんなもんだよ」

「んー。……でも、実際はどうなんすか？」

「実際っていうのは？」

「いやぁ。もしも本当に先輩がイタい勘違いだけで現在《いま》に至っているとして――いや。やっぱりやめておくっす。この話は」

そこで話は打ち切られる。ダークちゃんは空のジョッキに口を付ける。そして縁《ふち》を舌でぺろりと舐《な》めとった。それからまたおかわりのエールを注文する。焼き鶏のつまみも追加で。

さて。

それからはようやく僕の愚痴の番だ。なぜにどうして僕はダークちゃんを酒場に呼び出したのか。さらっとは話したけれど、本当にさらっとだ。より深掘りしないと僕の気も収まらない。

それもこれもすべては冒険者協会からの依頼が原因である。

依頼の内容は単純明快――ダンジョンXに指定されている【トトツーダンジョン】への調査だ。

今朝《けさ》いきなり依頼の内容を載せたメッセージ・バードが飛んできたのだ。そして白い小鳥は歌うように小さな口を開けて――冒険者協会の職員であるマミヤさんの声で言った。

「【トトツーダンジョン】で高密度のマナが噴出しました。原因は不明です。合同パーティーでの調査をお願いしたいので、本日の午後4時に冒険者協会に集合してください」

あまりにも突然だし唐突だし一方的だった。そして僕が思い出すのは1年間だけ社会に出ていたときのことだ。……高等学園卒業後の17歳から18歳までの1年間。

スピカたちが冒険者としての実力を着々と培っている中、僕はとある王都の会社に事務員として雇われていた。ちなみにそのときにはイタい勘違いという名の魔法も解けていた。僕は自分の器量というものを正確に把握しており――ああ。暗い気分になるから僕は思考を止める。

ともかくそのときも休日に急に呼び出されて――状況は似ている。

仕事だから逃げられないというところも、似ている。

感情のやり場はどこにもない。もちろん理不尽に感じることもある。それでもマミヤさんとしても仕事で僕を招集しているに過ぎないのだ。立場は僕と変わらない。それにマミヤさんとの付き合いも長い。彼女がどういう人なのかも僕は理解している。

「てか、合同パーティーって珍しくないすか？　先輩」

「んー。まあねぇ。かなり珍しいといえば珍しいかもしれない」

「大丈夫なんすか？　【原初の家族《ファースト・ファミリア》】の皆さんは。合同パーティーって」

「…………まあ」

「……え？　いま大丈夫じゃない間が開いてましたけど？」

「大丈夫とか大丈夫じゃない、という次元にはいないからね」

「……？　なんすかそれ？」

「まあ」

「まあってなんすか」

「まあまあ」

「まあまあってなんすか！」

僕は答える代わりにため息を返す。ちなみに合同パーティーを組むということに関しては別に問題にならない。うん。確かにここ2年ほど合同パーティーなど組んでいないものの……組もうと思えば組めるのだ。苦労すれば組めるのだ。だから問題はない。

問題はないが……はあ。

「ちょっと、なんすか先輩ー。その意味深な感じはー。教えてくださいよー。ねー」

ゆっさゆっさとダークちゃんに肩を揺すられる。それでも僕は無言を貫く。答えられることはなにもない。なぜなら本当に大丈夫とか大丈夫じゃないとかいう次元にはいないから。そういう次元を超越したところにいまのみんなはいる。

……午後4時か。

もうすこしで僕も酒場を出て冒険者協会に行かなければならない。そのときマミヤさんにどう説明すればいいのか。まったく胃が痛くなるね。

それからああだこうだと僕とダークちゃんは会話に興じた。本来は僕の愚痴を聞かせるはずだったのにどうしてこうなった？　というのは半年以上も僕が【ライネルラ王国】から出ていたせいだろう。積もる話がたくさんあったのだ。お互いに。なにせ僕は【ズミナー共和国】や【テリアン帝国】を旅していた。ダークちゃんはダークちゃんでいまは家業を継いで錬金術師として魔道具のクラフトなどを職としている。だから新鮮な話がたくさんあった。

そして午後3時過ぎに僕たちは酒場を出た。

「じゃあ先輩、また。……急にいなくなったりしちゃダメっすよ？　寂しいんで」

「もちろん。どこかにまた旅するときは、必ずメッセージ・バードで連絡するよ」

「メッセージ・バード？　違うでしょ先輩。ちゃんと顔を合わせてお別れするんでしょ！　このダークちゃんをなめてるんすか？　先輩にとって私ってそんな軽い存在なんすか！」

「違う違う。間違えた間違えた。そうだね。必ず会ってお別れする。うん。ばいばい」

「うわ、なんかてきとう！　てきとうじゃないっすか、いまのばいばい！　ねぇ！　先輩っ！」

「うわあ面倒くさい。酔ったダークちゃんマジでめんどい！」

「なんすか！」

ぐわあ！　と詰め寄ってくるダークちゃんをいなすように僕は優しく抱擁《ほうよう》して落ち着かせる。

それから背中を向けて彼女をおんぶに導いた。そのまま住宅地まで運んでいくことにする。

人気《ひとけ》の多い通りを歩くときにはラズリーに感謝した。恐らく王国、いや世界中を探してもここまで精度の高い気配遮断の魔術を掛けられる使い手はいないだろう。

「ところでぇ、先輩」

僕の背中で柔らかく体温を伝播《でんぱ》させ続けていたダークちゃんが囁《ささや》く。僕が「ん？」と答えると、彼女はさらに続けた。

「さっき、言おうと思って言わなかったことなんすけどぉ」

「うん」

「先輩はぁ、先輩がどう思おうとぉ——勇者ですよ。S級勇者でしゅ」

僕は「そっか」とだけ返し、あとはただ背中から聞こえる寝息を耳に入れていた。

そしてダークちゃんを送ってから、僕はまた王都の中心部まで戻る。

冒険者協会へと歩き出した。

◆◇◆◇◆

さて。

冒険者協会の両面扉を前にして僕がすることといえば呼吸だった。吸って吐いて吸って吐いて吸って。最後には大きく吐き出す。

……すべての始まりは僕のイタい勘違いだった。僕は勇者という輝かしい職を背負っていい強者ではなかった。優秀な親や友達の上に立っていい冒険者でもなかった。それこそ17から18まで仕事として経験していた事務作業とかの方が身の丈に合っている人間でもあった。

なによりこれは逃げとかではなく、向き不向きの問題でもあった。

というすべての気持ちが籠《こ》もった1枚の紙切れが僕のサバイバルポーチにはしまわれている。

そうして僕の右手は自然とポーチの中に吸い寄せられていく。指先が封筒に触れる。……封筒の中には重い重い紙切れが入っている。

退職届けという名の、紙切れが。

振り返れば、太陽は中天から沈みつつあった。風はぬるい。ぬるくて不快だ。僕は封筒を指先で撫《な》でるようにしながら息を吐く。ところで依頼を受ける前に切り出すことは可能だろうか？　退職したい旨《むね》を伝えることは可能か。マミヤさんはどんな表情をするのだろう？

諦《あきら》めたり諦めなかったり、藻掻いたり足掻いたり……辛い過去を思い出しながら僕は呟《つぶや》く。

「――解けろ」

ラズリーに指定された魔術解除の言霊《ことだま》。僕自身には感じ取ることができないが、たぶんそれで気配遮断の魔術は解除された。そして僕はまた一息ついてから扉を開ける。

瞬間――冒険者協会にたむろしている冒険者すべての視線が僕に突き刺さる。

次いでその視線は驚きに変わった。ざわめきがほんの僅《わず》かに起こる……が、それはやがて沈黙に変わる。

慣れた反応だ。

なにせいまの僕は、身の丈に合わない等級――S級勇者なのだ。

協会の奥のカウンターでは職員の人たちが慌ただしく動いているのが見えた。時間帯的にはそこまで忙しいわけではないと思うのだけれど。あるいはもしかするとマミヤさんの依頼と関係があるのかもしれない。……たむろしている冒険者たちにも違和感がある。どこか彼らも焦っているような気がする。

なにか面倒なことが起きている予感がある。

とはいえ立ち止まることはできない。引き返すこともできない。僕は仕事に来ているのだ。

ゆえにまっすぐにカウンターまで向かい……慌ただしく動き回っている犬耳族の職員さんに目を付けて声を掛けた。

「ごめん。マミヤさんはいるかな？」

「――あっ、サブロー様！　お待ちしておりました！」

素早い反応。

赤毛の犬耳を生やしたその職員さん――ちらりと見えた胸元の名札には「ペンシル」と名が刻まれている。彼女はまるであらかじめ僕が来たらそうすると決めていたかのように身軽にカウンターを乗り越えて僕の前に立つ。そのまま腕を抱えるようにして僕を協会の奥へ奥へと引っ張っていき……いきなりのことではあるけれど僕は抵抗することなく受け入れた。

「マミヤさんはいま応接間にいます！　サブロー様が来たらお連れするように言われていて」

「なるほど。ちなみにペンシルさんは新人さんかな？」

「あっ、はい！　今年の春に！」

えへへ。という笑顔は、まるで初めてシャボン玉を吹いた子供みたいに純粋で無垢《むく》だ。顔も童顔で、きっと冒険者の間では人気になっているだろう。

僕は連れられるままに階段を上って2階の廊下を進む。2階は冒険者たちのエリアではなく職員のエリアである。1階に比べて静かだ。そして僕が通されるのは一番奥にある応接間だった。

ペンシルさんは僕を案内してから「それでは！」と元気に言って立ち去る。

僕はその後ろ姿をすこし見送ってから応接間のドアをノックした。すると「どうぞ」と返事がすぐに返ってくる。ドア越しでも相変わらずクールさの伝わってくる声である。

ドアを開ければ――一目で怜悧《れいり》な人物だと分かる賢い顔つきの美女が立っていた。

艶《つや》のある黒髪に、右耳から垂れるナイフのピアスが照明を反射し、銀色に輝いている。

マミヤさん。マミヤさんは久しぶりの再会にもニコリともしない。ただ冷たい顔で立っているだけだ。まったくもって無愛想。相変わらずである。だがそれでいい。

「久しぶり。マミヤさん」

「お久しぶりです、サブローさん。半年ぶりですか」

「うん。それくらいだよね。元気してた？」

「ええ。サブローさんもお変わりないようで」

ちなみに僕は半年ぶりに王都に帰ってきたわけだが冒険者協会に顔を出したりはしていない。

当たり前だ。【テリアン帝国】や【ズミナー共和国】で仕事をしてきたというのになぜに王都でも仕事場に顔を出さなければならないというのか。

とはいえ帰還して1週間も経たないのにマミヤさんから呼び出されているわけだけれど。

「時間通りに来ていただけてなによりです。サブローさんもやる気があるということで認識してお間違いないですね？　逞《たくま》しくなられましたね」

「うーん。まあまあ。やる気云々はちょっとあれだけれども……まずは再会を喜ぼうよマミヤさん。それこそ実は僕、ここに来る前に高等学園時代の後輩ちゃんと会ってきたんだけど、結構喜んでくれてたんだよ？」

「そうですか。だからお酒のにおいがするんですか。しかも後輩ちゃん、ということは女性ですね。昼間から女性と酒場で密会とは、やはり逞しくなられたようですね。素晴らしい」

「うーむ。変わらないねえマミヤさんは」

「ええ。私は変わりませんよ。ところでサブローさんはどうでしょう。なにか変わったところはありますか？」

「……立場かな？」

「半年前ですか。ちょうど王国を旅立ったあとですよね？　A級からS級への認定を受けたのは。おめでとうございます。できれば私が担当として関わりたかったんですがね」

「そうだね……。僕としてもマミヤさんが担当ならよかったんだけど」

「【テリアン帝国】の職員はどうでしたか。私よりもよっぽどとっつきやすかったんじゃありませんか？」

「意地悪やめてよ……」

僕は困ったように頭を掻きつつ周囲に視線を這わせる。

応接間は洒落《しゃれ》ている。けれど僕は絵画や調度品には意識を向けない。そのまま手前のソファに腰掛けてガラスのローテーブルを見下ろす。マミヤさんも対面に腰掛けた。

さて。

「メッセージ・バードの内容は聞いたよ。【トトツーダンジョン】だよね。【ヨイマイ森林】の東部にある――ダンジョンX」

マミヤさんは静かに頷《うなず》く。右耳から垂れる銀色のナイフが揺れる。

ところでダンジョンXというのは既にダンジョンとしての機能を失った遺構の総称だ。認定にはいくつかの条件がある。
①魔物が発生しないこと。
②マナの密度が基準値を下回っていること。
③精霊が住み着いていないこと。

④宝具が誕生しないこと。
⑤1階層のみであること。
「ただ……高密度のマナが噴出したっていうのは？　僕は見たことも聞いたこともないんだけど」

「私もありません。未知とされている異常事態ですね」

「されている、ね。……ただの異常事態ではないもんね」

僕は知った顔で言う。もちろん僕もなにかを知っているわけではない。今朝なんてメッセージ・バードの内容を聞いて「なんだそれ？　誤観測だろう」と1人呟いたほどである。

しかして——合同パーティー。

合同パーティーという言葉は聞く人によってはなんだか楽しげな響きだと思うかもしれない。実際に冒険者の中にもエンジョイ気分で合同を組む人たちは多い。また新米パーティーがベテランパーティーにくっついて経験を積むというケースもある。けれど今回はまるで違う。なにせ王国の冒険者協会が「合同パーティーの必要性がある」と判断しているのだから。

「よし。まずは時系列を整理していろいろと説明してほしいんだけど。いいかな？」

「ええ。発端《ほったん》は昨夜の8時過ぎです。【王国魔術団】から異常事態発生の報告が上がりまして。私としても経験のない異変だったので、調べるのに苦労しました。図書館を巡り、120年前の文献で、同様の異変があったことを突き止めたのが……今日の午前3時になります」

「午前3時か。タフだね」

「とんでもない。冒険者の方々に比べれば、この程度のことはこなさないといけません」

さらりと当然のように出鱈目《でたらめ》なことを言うのがマミヤさんという人だ。やはり変わっていないらしい。……たぶん報告があってからすぐにマミヤさんは動き出したのだろう。僕には大方の想像がつく。また同時並行的に、冒険者協会の上層部の人間ともやりとりをしていたはずだ。

それで7時間ほど調べ回って1件の類似事例を見つけたと。

「続きですが、【ロールン大陸】の北端にあるダンジョンにおいて、同様の現象が起きたと」

「……北だね？　随分《ずいぶん》と北だ」

「ええ。ちなみにサブローさん。120年前と聞いて、なにかピンとくるものはありませんか」

「120年前か」

僕は反芻《はんすう》するように繰り返す。頭の中でも反響させるように繰り返す。120年前。もちろんないはずがない。心当たりなんてありまくりだ。でもまさか、という思いも先行しているのだ。まさか関連しているはずがないと……。

ドアがノックされる。

ふいだった。マミヤさんがぴくりと身体を震わせる。僕はなんとなく気配を感じていたので驚きはしない。振り向けば部屋に入ってくるのはペンシルさんだった。お盆に2つの湯呑みを載せている。香ばしいにおいが部屋に広がった。

ペンシルさんが部屋を出て行くのを待つ。それから僕は言う。湯気の軌跡を目で追いながら。

「120年前といえば、戦争かな。当たってほしくはないけど」

「ビンゴです」

「……当たってほしくなかったんだけど」

――人間と魔族の、戦争。

ちょうど120年前に勃発《ぼっぱつ》した。経験したのは僕のお婆《ばあ》ちゃんたちのさらに上の世代だ。それでも歴史というのは学業において必ず学ぶものでもある。

戦禍《せんか》が招く、凄惨さと一緒に。

戦争勃発前の魔族というのは人間と相容《あいい》れないながらも共存していた。狩るか狩られるかの関係性ではあったものの集団で攻め入ったりということはなかった。しかしいまから120年前――魔族の集団が人間の村に侵攻したことを発端として各所で戦争は勃発したのだ。

「サブローさん。120年前、北端のダンジョンXに派遣された調査隊は戻ってこなかったそうです」

「行方は？」

「不明です。行方知れずになったとの報告だけが文献には記載されていました。そしてそれから間もなく——**魔神**が復活し、戦争が勃発した」

「それでマミヤさん的に、今回との関連性があると」

「ええ。また、魔神の復活とも関連があるのではないかと私は睨《にら》んでいます。なにせ当時、そのダンジョンXの近くにあった村々が魔物の群れに蹂躙《じゅうりん》されたとの情報もありましたので」

「時系列としては？」

「まずダンジョンXが存在する。次にダンジョンXにて高密度のマナが噴出する。直後に魔神の復活。そして魔物が群れをなして村々を踏み潰《つぶ》し……戦争が勃発したという並びになります」

「なるほど。……直接的に関連があるのは、戦争っていうより魔神の復活だよね。魔神の復活とダンジョンXの異変に、関連性がある」

「と、思われます」

マミヤさんは淡々と語る。そこには一切の感情が滲んでいない。焦りもない。困惑もない。

でも、優秀だ。

人によってはやはり冷たいとか無愛想だとか感想を抱いてしまうのも分かる。

「それで——だからこその合同パーティーってことだよね？」

「ええ。——王国最強のパーティーである【原初の家族《ファースト・ファミリア》】と、私が選定した2つのパーティーで合同パーティーを結成してもらいます。そして【トトツーダンジョン】の調査をお願いします。特にS級勇者であるサブローさんには、指揮を執って行動してもらいたいのです」

マミヤさんは深々と頭を下げた。

……そして僕は震える手で湯呑みを掴《つか》む。熱い。火傷《やけど》してしまいそうなほどに。でも火傷などいくらでもしていい。ああ。どうしよう。どうすればいいのだろう？　いや。迷っても仕方がない。でもまさかこんな大事《おおごと》だとは思わなかった！　……どうしよう？　いやだからどうしようもない。正直になるしかない。正直に。正直に。正直に。……女神に祈りたい気分だ。

ずずずずずず。

僕は震えながら湯呑みで震えるお茶の表面を啜《すす》った。苦くて熱いお茶が喉元を通り過ぎていく。その感覚が胃まで達してから僕は口を開く。

「ごめん。【原初の家族《ファースト・ファミリア》】のみんな、いま行方知れずなんだよ……」

遅れて聞こえた「は？」という声は、マミヤさんに似合わない間抜けな声だった。

◆◇◆◇◆

湯呑みから立ち上るお茶の湯気が次第に存在感を薄くしながら天井へと至る。僕はその軌跡を眺める。眺めながら考える。思い出す。３日前の晩のことを。

王都の外れに買った一軒家のリビングでだらだらと過ごしていたときのことだ。

時刻は午後９時。薄い雲の向こう側には朧月《おぼろづき》が覗《のぞ》いていた。

【原初の家族《ファースト・ファミリア》】のオールラウンダーであるシラユキが、戸を叩《たた》いた。

長身・スレンダーな体格・中性的な顔つき。女性ながら別名で『魔性の王子』と呼ばれているシラユキは栗色のショートカットをしっとりと濡らしていた。玄関において漂ってくるのは爽《さわ》やかで女性的な香りだった。それはシラユキが風呂上がりであることを示していた。

首を傾《かし》げる僕に対し、シラユキはかすかに微笑みながら言った。

「東方にある【ジパング】っていう国を知ってるかな、サブロー。そこの出身だっていうお爺《じい》ちゃんと知り合ったんだ。珍しい武術を使っていてね。ちょっと覚えてみたいから、出てくるよ。大丈夫。すぐに戻ってくるから、心配しないで？　サブローは良い子で待っていて。ね？」

もちろん僕は心配することもなく頷いた。それはなによりシラユキに対する絶大な信頼があるからだ。厄介ごとなんて起こすことはないだろう。たとえ起こしたとしても自分で尻拭《しりぬぐ》いをしてくれるだろう。ということで僕は快《こころよ》くシラユキを送り出す。

そして次の来客は、シラユキが旅立ったおよそ1時間後に訪れる。

シラユキと同じように、でもシラユキよりも優しく僕の家の戸をノックしたのはスピカだ。

幼い頃から変わらない鴉の濡れ羽にも似たしっとりとした長髪。しかし幼い頃から成長に成長を遂げたスタイル。先に旅立ったシラユキに関してすこし会話したあとだ。

スピカは申し訳なさそうに切り出した。

「ごめんねサブローくん。ちょっと遠いところで契約した精霊さんがね、ぜんぜん遊んでくれないって拗ねちゃってるみたいで……。すこし王都を出なきゃいけないの。大丈夫。心配しないで待っててね？　すぐに戻ってくるから。ね？」

もちろんスピカに対しても僕は心配することなどなにもない。幼馴染みだからこその信頼感がある。スピカが心配しないで待っててね？　と言うのならば心配する必要など微塵《みじん》もないのだ。僕はシラユキと同様に快くスピカを送り出した。

そして——悪逆の親友であるドラゴンが家の戸を勝手に開けやがったのは日付が変わる手前だ。

僕はうとうと夢と現実の狭間《はざま》で揺蕩《たゆた》っているところだった。ドラゴンは長身瘦軀《そうく》のスキンヘッドがよく似合う強面《こわもて》の男である。見た目で人から避けられたり嫌われたりすることはドラゴンにとって日常茶飯《さはんじ》事と言ってもいい。しかも元ギャング。闇ギルドに籍を置いていた過去もある男だ。

ドラゴンは靴を脱ぐこともなく玄関口で言った。

「悪ぃサブロー。ちょっと出てくる」

「出てくるって、なにしに？」

「野暮《やぼ》用だ。心配すんな」

「いや心配するけどね。こんな夜中じゃなくて、せめて朝にしたら？」

「大丈夫だ。安心しろ」

「いや安心できないね」

「問題は起こさねえ」

「いーや信用できないね！」

「じゃあな。すぐ戻る」

　という下りのすぐあとにドラゴンは姿を消した。まったく最悪だ。なにせシラユキやスピカに比べてドラゴンはトラブル・メーカーでもあるのだ。……僕はまたベッドで眠ろうとした。けれど瞼の裏側で思い出されるのはかつての苦労の数々だ。学生時代はもちろんだが【原初の家族《ファースト・ファミリア》】を組んでからも、たとえばドラゴンが興味本位で獣の肉をふやかしてにおいを濃くして凶悪な魔物を引き寄せて――なんていうことがざらにあったのだ。はあ。

　という感じで連続して来客があったがために（主にドラゴンのせいだが）眠気は完全に吹っ飛んでしまった。そして仕方がないので僕はラズリーが泊まっているホテルへと向かった。安眠の魔術を掛けてもらうために。

ラズリーは無防備な寝間着姿だった。

毛先の丸まったすこし癖のある長い金髪に、ピンクのインナーカラーが混じっている。格好はとてつもなく色っぽい。しかもラズリーはスピカに負けず劣らずの凶暴なスタイルをしている。寝間着姿は毒だ。僕が男女の友情を信じている男で良かったな！　と叫ばずにはいられない。

「ごめんラズリー。ちょっと眠らせてほしいんだけど」

「なに。寝かしつけ？　サブロー、そういうプレイに目覚めちゃったわけ？　まあ、あたしは別にいいけど。で？　……ベッドの上に運べばいいでちゅか？　ばぶちゃん」

「うわっ」

「うわっ、ってなによ！」

「ごめん本気で引いちゃった。ていうか、勘違いさせたらマジでごめん。いやでも勘違いする要素なんて1つもないと思うんだけど……一応は謝っておく。ごめんごめん。ラズリーのピンクの脳味噌《のうみそ》をなめてたよ。うん。ちなみに、そういうのは求めてない。普通に寝たいだけ。目が変に冴えちゃったんだよ。てかラズリー、よく恥ずかしがらずにそういうの言えるよね？」

「………あたし1人だけ恥ずかしいみたいなの、そういうのって良くないわよね？　ねえ。

良くないと思わない？」

「思わない思わない」

「あたしたちは仲間であり親友でしょ？」

「そうだね。仲間であり親友だ」

「なら思うわよね？　1人にだけ恥をかかせるのは良くないって」

「思わない思わない」

「親友1人にだけ恥をかかせるのってどうなのよっ！　ねえ。どうなの？　ねえっ」

「知らないよ……」

「知らないってなによ！」

「うわ面倒くさい。やっぱり僕、帰るね。ばいばい。おやすみ」

「はぁ？　帰すわけないでしょ。もう隔離してるから、この空間」

それから僕はラズリーが満足するまで赤ちゃんになった。もちろん記憶は消した。

気がつけば朝。ベッドの隣ではラズリーが寝息を立てている。そして僕がシャワーを浴びて部屋に戻るとラズリーも起床していた。僕は前々から予定を組んでいたダークちゃんとの遊びがあるのでホテルを出なくてはならなかった。そしてついでにラズリーに気配遮断の魔術を掛けてもらったのだ。

その去り際《ぎわ》にラズリーは言った。

「すこし習得に時間が掛かる魔術があって、悪いんだけどすこし王都を出るわね」

オッケー。と僕は軽く返事をしてラズリーと別れた。それから家に帰ってマミヤさんからのメッセージ・バードを聞き……現実逃避しながら酒場でダークちゃんと合流して……現在地点に繋《つな》がるというわけである。

さて。

僕の長々とした説明を聞いたマミヤさんは頭を抱えていた。でも本当に頭を抱えたいのは僕の方だった。まさか仲間と離れたタイミングで魔神復活の前兆に出くわすなんて！

「…………サブローさん」

「うん」

「……仕方ありません。覚悟を決めてくださいね」

「覚悟？」

と聞き返したときのマミヤさんの気配の変貌《へんぼう》というのは——凶悪な力を持って人間を見下していた魔物が僕たち【原初の家族《ファースト・ファミリア》】と対峙して命の危機に瀕《ひん》したときの変貌に似ていた。油断と慢心から一転、急激に敵愾心《てきがいしん》と闘志を剥き出しにして襲いかかってくる、その立ち上がりの気配に。

「S級勇者としての責務を、果たしてもらいます」

「……まあまあ。ちょっと待ってよマミヤさん」

「？　待つことなんてありますか？　やるべきことはお互いに決まっているでしょう」

「ちょっとほら、ね。そのー、合同パーティーを組むっていう話だったけどさ。ほら。僕は1人なわけじゃない？　それでさ、何度も何度も何度もこれはマミヤさんに伝えている話だとは思うんだけど、僕は、弱いんだよ」

マミヤさんはなにも言わない。なにも言わずにただ僕を見据えている。

「いや。もちろんこんなときにこんなことを言うべきじゃないことは分かってるんだけど……」

マミヤさんはなにも言わない。冷たい視線が僕を射貫いている。

「合同パーティー、僕抜きでもいいいんじゃないかな〜って」

「失礼いたします」

マミヤさんの言葉に感情は乗せられていない。表情からも内側の感情を窺《うかが》い知ることはできない。ああ。もちろん僕が本気で見ようと思えば、感情を知ることはできるだろう。それをしないのは、自分の眼光《がんこう》が人にとって威圧的で脅威だと自覚しているからだ。

マミヤさんは僕の言葉など歯牙にも掛けず立ち上がる。そのままスタスタと足音を高く響かせて応接間を出ていった。

1人残された僕はぬるくなった湯呑みに手を添えた。

「……参った。どうしたものかね」

1人ごちる。ところで僕はS級勇者という身の丈に合わない等級を得ているわけだが、【勇者】という職業は120年前に魔神を滅ぼした冒険者に勇者という称号を与えたのが発祥である。そう考えてみるとどうだろう。僕みたいな平凡な人間が勇者を名乗っているのはあまりにも烏滸《おこ》がましいのではないだろうか？　やはり退職すべきだな。

またドアがノックされた。

一度聞いた音だから僕にはそのノックが誰のものであるか分かった。そして大方の流れというのも理解できた。……姿を現したのは予想通りにペンシルさんだ。

「お迎えに上がりました！　下で合同パーティーの顔合わせの準備が整っているようです！」

当たり前のようにペンシルさんは言った。元気いっぱいな感じはやはり愛くるしくて犬耳族らしさが全開だ。僕は諦めて立ち上がった。そのまま部屋に案内されたときの逆再生のようにペンシルさんに先導されて冒険者協会の1階へと下りていく。

1階は広々としている。同時に冒険者たちによって混雑もしている。僕はその騒々しさに懐《なつ》かしさを覚えながら視線を這わせていく。依頼の受け付けカウンター。報酬の受け渡し窓口。それから食堂。憩《いこ》いの酒場。パーティーを募集したりする多目的なフリースペース。

マミヤさんはフリースペースの奥に立っていた。

マミヤさんの近くのテーブルには、12人の集団が席についている。

僕は彼ら彼女らに視線を這わせながら近づく。……年齢層は比較的若い。30代前半が最年長
(僕は目が良いので年齢も見抜ける)。獣人もいる。全員が手練《てだ》れであることも分かる。

マミヤさんが言う。自分の隣にペンシルさんを手招きしてから。

「来ましたか、サブローさん。では、紹介しますね。冒険者パーティーの【竜虎の流星《ダブルスター・ダスト》】と【虹色の定理《ラスト・パズル》】の皆さんです」

「……うん。なんだかどこかで聞いたような見たような。既視感のあるパーティーの名前だ」

「ええ。手紙で報告していたはずですから」

「あっ。そうか」

マミヤさんに言われてすぐに合点《がてん》がいく。僕はまた席に着いている12人に視線を這わせる。

ああ。彼らが有名な新進気鋭のパーティーなのか。

僕は半年間ほど【原初の家族《ファースト・ファミリア》】のみんなと王国を離れて他国の依頼をこなしていた。ということで僕はまったく王国のことを知らない立場にあったわけだが……なんの情報も入っていなかったわけではない。月に一度はマミヤさんから手紙が送られてきたからだ。

その手紙の中には、最近勢いのあるパーティーの名前も記載されていた。

――【竜虎の流星《ダブルスター・ダスト》】と【虹色の定理《ラスト・パズル》】。

僕は手紙の内容を思い出しながら12人それぞれに視線を向けていく。手紙にはパーティーの特徴などが記されていた。【竜虎の流星《ダブルスター・ダスト》】は主に前衛メンバーで構成された武力主義のパーティー。また【虹色の定理《ラスト・パズル》】は逆に魔術師で構成された前衛・後衛オールラウンダーのパーティー。

その中で、僕は2人に目を付ける。

1人はマミヤさんの近くの椅子に座っている少女。……いや。よくよく見てみれば少女という年齢ではない。20歳は過ぎている。しかし僕よりも年下。少女と見間違えてしまうのは彼女が童顔だからだ。それにどこか縮こまっているような気配もある。なんとなく性格も掴めてしまう。臆病《おくびょう》なのか。警戒心が強いのか。小動物じみているな。

「たぶん君が【虹色の定理《ラスト・パズル》】のリーダーだね。名前は……ププムルちゃんかな？」

「あっ！」

声を上げながらププムルちゃんだろう少女は立ち上がる。ピンクのショートカットの毛先が小刻みに揺れる。彼女はなにかを言おうとして、けれど咽《む》せるように咳《せ》き込んだ。そして涙目になりながらも遅れてようやく言う。

「あの。【虹色の定理《ラスト・パズル》】の勇者をしている、ププムルと申します！　B級勇者かもです。よろしくお願いします！」

「うん。勇者ね。なるほど。ちなみに【竜虎の流星《ダブルスター・ダスト》】のリーダーは……君だね」

「っ。ああ。俺だ。そいつと同じ、B級勇者だ。名前はフーディ」

僕が視線を転じたのは、朝一番のブルーみたいな蒼い髪の毛を短く切り揃えた少年だ。威勢が良いのか足を組みながら椅子に座っている。こちらは立ち上がらない。

僕は2人の姿を交互に見つめながら考える。

ププムルちゃん。魔術師で構成された【虹色の定理《ラスト・パズル》】のリーダーなだけあってマナの扱いには長けていそうだ。雰囲気でいえば僕が勝るだろうが実際の実力でいえば彼女の方が上だろう。またフーディくんは雰囲気も実力もどちらも僕より勇者らしい気がした。体つきも筋肉量も僕より上だ。魔術に関しても恐らくは僕を上回っているだろう。まったく。

なんでこの2人がB級で僕がS級なのか、まったくもって不思議なものだ。

「サブローさんには、こちらの2パーティーを率いてもらいます」

「んー……。どうだろう。僕が入る余地はないっていうか、僕が入らない方が纏《まと》まるような気もするけど。ほら。合同パーティーの常識だよね。必要最低限のパーティーで組んだ方が良い結果に繋がる。結束が強くなるっていうのは」

「……それ、本気で言っていますか？　サブローさん」

「割と本気だよ」

合同パーティーの常識だ。マミヤさんも知らないはずがない。数を多くしすぎるのは避けた方が良いのだ。たとえどれだけ強力なパーティーであったとしても、必要最低限が鉄則。

とはいえ……マミヤさんの最初の計画では3パーティー。しかも【原初の家族《ファースト・ファミリア》】が全員揃っている状態で。というのを考えてみれば、僕が逃げるというのはあり得ない選択肢だろう。

それに【原初の家族《ファースト・ファミリア》】がもしかしたら戻ってくるかもしれないし。

「まあ、引き受けはするけど。……すこし相談はしたいな。3人で」

僕はププムルちゃんとフーディくんに視線を向ける。2人は同時に疑問を抱いたように小首を傾げた。その反応を見てから、今度は2人の仲間である10人に視線を向ける。そして僕は言う。

「ちょっと借りるね。ププムルちゃんとフーディくんを。1時間くらいかな。それくらいで戻ってくると思う。……マミヤさんも悪いね。すこし3人で相談したいことがあるんだよ」

「私としては構いませんよ。サブローさんがきちんとS級勇者としての責務を果たしてくださるのならば」

まあ、僕としても、実力があるのなら責務とやらを果たしたいんだけどね……。

ただ——かつて伝説の勇者と呼ばれたキサラギ師匠にさえ『**きみには才能がない**』と断言さ

れたのが僕の等身大の姿なのだ。

「さて。じゃあ作戦会議じみた話し合いをしに行こう」

◆◇◆◇◆

フーディくんとププムルちゃん。そして僕。３人全員が似たような黒ローブ姿をしているのは傍《はた》から見ると不審者然としているかもしれない。とはいえ黒ローブにはそれぞれ気配遮断の魔術が施されてもいた。なので誰にもなんとも思われることはないだろう。

「で？　どこに向かってるんだ。これは」

後ろから呟かれた声に反応し振り返る。言葉を投げてきたのはフーディくん。その後ろにはププムルちゃんが控えている。２人の表情から滲んでくる感情は……フーディくんは怪訝《けげん》、ププムルちゃんは追従といったところか。

「隠れ家的なお店だね。３人で内緒の話をするのには打ってつけなんだよ」

「それは別に協会の部屋でもよかったんじゃないのか」

「協会だとマミヤさんの耳があるからなあ。あの人って地獄耳でもあるしさ」

「……マミヤさんには聞かせられない話ってことかよ？」

「聞かせられないわけじゃないよ。僕のスタンスの話をしようと思っているだけだから」

「スタンス？」

「ちなみにフーディくん。もう知ってると思うけど、【原初の家族《ファースト・ファミリア》】はいま僕1人だけだ。それで今回の合同パーティー……誰がリーダーをするべきだと思う？」

「俺だ」

即答。

僕は自分で訊いておきながらちょっとだけ驚く。同時に興味も湧いてくる。いまの即答というのは心構えができていないと不可能な早さだ。最初から自分がリーダーを務めるつもりでなければ出てこない。

僕は道の途中で立ち止まってフーディくんと向き合う。

「マミヤさんはさ、僕が率いるっていう感じで僕に依頼を寄越してきたんだけど、どう思う？」

「俺は悪手だと思うな。……確かにサブローさん。あんたはS級勇者だ。並大抵の実力者じゃないんだろう。だが合同パーティーにおいて、そもそもパーティーメンバーを引き連れていない人間がリーダーをするっていうのは納得できない。どう考えても、それは悪手だ」

「なるほど。ちなみにその場合、フーディくんとププムルちゃんは対等な立場にあると思うんだけど……フーディくんがリーダーにこだわる理由は？」

「対等なら、リーダーとして一番優秀な奴が指揮を執る。それが当たり前だ。違うか？」

――瞳には絶対の自信が覗く。

それは根拠のない自信ではない。経験によって培われた自信である。なるほど。フーディくんがいやにふてぶてしい理由も分かる。きっと優秀なのだろう。将来有望なのだろう。

しかして、その背後に見えたプブムルちゃんの表情は一瞬だけ曇って見えた。一瞬。でもその一瞬を見逃さないのが僕の目の良さなのだからそれは気のせいではない。

僕は「そっか」とだけ言って会話を打ち切った。あとは歩くだけだ。王都の大通りを抜けて人混みを脱する。気配の希薄な裏路地を抜ける。先にあるのは暴力のにおいが漂う王国の暗渠《あんきょ》である。そこに、僕がよく通っているお店はある。

――僕の元ストーカーが経営しているお店。

廃屋にしか見えない一軒家の手前にやる気のない看板が立てられている。ドアを無造作に開ければ、そこには客のいないお店が広がっていた。シックを基調としたＢＡＲである。

カウンターの向こう側には――長すぎる前髪によって目元が隠れてしまっている1人の女性。雰囲気は暗い。髪色も暗いグレー。まるで幽霊みたいだ！

かつてのストーカー、ランプちゃんは、僕の来訪に気がついて手を合わせて微笑んだ。

「わ！　いらっしゃい。サブローさん」

「こんにちは。ランプちゃん」

「今日はどうかされましたか？」

「ちょっとお店を借りたくてね。いいかな？」

「もちろんです！」

にっこりと了承してくれるランプちゃんに僕は甘える。そしてお店の隅にあるテーブル席に遠慮なく腰掛けた。遅れてフーディくんとププムルちゃんが対面のソファに腰掛ける。

ちなみにランプちゃんは僕をストーキングしていただけあって気配が薄い。それはシラユキが習得しているような体術による意図的な気配の薄さとは違う。体質なのだ。そして気配の薄さは接客にも現れる。

さすがのフーディくんも、突然に机に置かれる飲み物や食べ物には驚いていた。

「食べ物も飲み物もサービスですよ、サブローさん」

「うん。なんかずっとサービスだよね？」

「はい！」

嬉《うれ》しそうに手を合わせるランプちゃんの感情は僕には分からない。

食べ物や飲み物が用意されて話し合いの準備は整う。僕はグラスに注《つ》がれた琥珀《こはく》色の液体を楽しんでから言う。

「まあ、まずは詳しい自己紹介から始めよう。冒険者協会の中だとごたごたしてて話せなかったしね。改めて、僕の名前はサブロー。年齢は23。これでもS級勇者をしている。【原初の家族《ファースト・ファミリア》】においては後方にいることが主だ。直接的な戦闘能力には乏しいんだよ」

「俺はフーディ。年齢は22。B級勇者だ。【竜虎の流星《ダブルスター・ダスト》】では前線に立っている」

「あ。私はププムルかもです。歳は21歳で、その、B級勇者かもです。……えーと、その、【虹色の定理《ラスト・パズル》】では私も後方なんですけど、そもそもうちは魔術師で構成されていて、だからあんまり前衛と後衛の概念がないっていうか、そんな感じかもです」

「うん。どっちも良いパーティーだよね。見ただけだけど分かるよ。みんな優秀だって」

「っ、ありがとうございます！」

嬉しそうに顔を綻《ほころ》ばせるププムルちゃん。その隣では髪の毛を指先でいじりながらフーディくんが鼻を鳴らしていた。その攻撃性は僕の言葉……ではなく、喜んでいるププムルちゃんに向いているように思える。

フーディくんの態度はあまり褒《ほ》められたものではない。誰に対してもそういう態度なのだろうと思っていたのだが――フーディくんの態度は主にププムルちゃんに向けられているのかもしれない。

――過剰なライバル意識か。

たぶんそうだ。それは長所と短所を兼ね備えている諸刃《もろは》の意識だ。ライバル意識は必ずしも悪いものではない。あいつに勝ちたい。あいつを上回りたい。そういう競争の気持ちというのは得てして向上心を生むものだから。そして同時に僕に決定的に足りていない気持ちでもあるから。

同じB級勇者として、競う気持ちというのは生まれるものなのだろう。

だから僕はノータッチを決める。もちろんライバル意識が敵対意識に変われば別問題だ。その場合はマミヤさんに報告して調査隊を再編制してもらおう。そこまで愚かではないだろうが。

「さて。自己紹介も済んだことだし、次は本題だね」

「ああ。あんたのスタンスだったか？」

「うん。スタンス。今回の依頼における、僕の立ち位置みたいなものだ」

怪訝そうにするフーディくん。不安そうに瞳を丸くするププムルちゃん。僕は2人には視線を向けない。デザートのケーキを一口だけ舌に運ぶ。そして甘みを味わって言う。

「僕のスタンスっていうのは、空気でいくこと。僕は君たちのパーティーには一切関与しない。指示も出さないし、指揮もしない。君たちも僕のことは、使いづらい駒の1つくらいに思っていてほしい。ちなみにリーダーなんだけど……2人でよく話し合って決めてほしいな。あと空気になる理由だけど、僕は【原初の家族《ファースト・ファミリア》】がいないと本当に弱いんだよ。個人の力量も大したことがなくてね。だから……うん。とりあえず任せる」

「……分かった。あんたがそうしたいなら、それでいい。俺がリーダーなら、俺はなんでもいい」

「えっ。……私にはその、フーディさんがリーダーっていうのは納得できないっていうか、そういう感じかもです」

「？　ならおまえに操れるのか、俺たちを。【竜虎の流星《ダブルスター・ダスト》】を、上手く使えるのか？　おまえに」

「っ。操るとか使うとか、そういう言葉は、ちょっとどうかと思いますけどっ」

「質問の答えになっていないぞ。おまえに、俺たちが、使えるのか。それを訊いているんだ」

「だから、仲間に対して、使うとかっていう言葉は良くないかもです！」

うんうん。２人の仲睦まじい会話を聞き流しながら僕はケーキを平らげていく。そのタイミングを見計らっていつの間にかランプちゃんが隣に立つ。「おかわりいりますか？」「うん。ありがとう」。ランプちゃんの手作りのデザートというのは格別なのだ。

２人の会話は10分ほど続いた。

結論は出たようだ。

「――サブローさん。俺がリーダーとして合同パーティーを率いることになった。あんたにもズバズバと指示は出す。そのつもりでいてほしい」

「うん。オッケー。とはいえ、僕は使いづらい駒だからね。本当に。僕は弱いんだ。実力がない。才能もない。ということで……もし本当にどうしようもなくて、スライムの手すら借りたくなったら僕に声を掛けてくれ。さすがにスライムよりは僕の方が役に立つだろう」

するとフーディくんは反応に困ったように微妙に表情を歪《ゆが》めた。僕が冗談を言っている線を疑っているのかもしれない。冗談ではないのだけれど。

それから僕たちは【トトツーダンジョン】についての話をしていく。とはいえそれはフーディくんとププムルちゃんも知っていることである。いわゆる情報のすり合わせ作業だった。

それが終わると次は準備の話になる。出発はいつにするのか。

「明日の正午」

というのが結論だった。

叶《かな》うならば【原初の家族《ファースト・ファミリア》】のメンバーがそれまでに戻ってきてくれていたらいいのだけれど。しかしそれはさすがに希望的観測が過ぎるか。

話が終わってすぐに僕たちは別れた。

ちなみにフーディくんとププムルちゃんは冒険者協会に戻るらしい。僕は戻らない。マミヤさんに口うるさく問い詰められるのが嫌だからだ。

「さて」

出発までに僕にはやるべきことがたくさんある。それを1つずつこなしていくフェイズに入ろう。

まずは契約している魔族の少女に連絡を入れることにするか。

◆◇◆◇◆

120年前に魔神が復活したことによって魔族と人間の戦争は勃発した。そして魔族と人間の敵対感情は決定的になった。ゆえにいま冒険者の仕事というのは魔族の討伐が主である。

ところで僕は勇者でもあり冒険者でもあるわけだ。というわけで魔族に対してやはり敵対感情を抱いているのか？　と問われれば、そうでもない。

人間観察が得意な僕としては、人間も魔族もそんなに性質的には変わらなくないか？　と思っている。というのは、善人と悪人の比率というか割合というか。

人間にも、善い奴がいれば悪い奴もいる。

それは魔族でも変わらなくないか？　というのが僕の考え方でもあるのだ。

これが勇者として間違っている思想だというのは理解している。勇者とは魔族と敵対する運命にある職業だからだ。ゆえに公《おおやけ》にこの思想を出すつもりはない。仲間にも言うつもりはない。あくまでも心の中にしまっておく。

さて。

実を言うと僕は2年前にとある魔族と知り合いになった。出会いは洞窟《どうくつ》だ。王国の遙か南にある【カガヤキ洞窟】という場所が舞台になる。

そこで僕は死にかけの魔族と出会った。

ところでその魔族——彼女が人間にとって善い魔族なのか悪い魔族なのかというのは首を捻《ひね》るべき疑問点だろう。もちろん僕たちはいまや親友と呼んでも過言ではないほどに仲良くなった。でもそれは洞窟内における助け合いがあったから育《はぐく》まれた仲であり、特別なものなのだ。

——僕は現在、自宅にいた。

王都の郊外にある一軒家。そこの2階の一室が僕の自室だった。そして僕は窓を開放して空気を入れ替えながら白い小鳥——メッセージ・バードに言葉を吹き込んでいた。

「えぇと。東部にある【ヨイマイ森林】の【トトツーダンジョン】に向かうことになった。知ってると思うけどダンジョンXだ。でもダンジョンXにあるまじき高密度のマナが噴き出たらしい。ということで、僕は調査隊に入れられちゃった。明日の正午には王都を立っているよ。もしこのメッセージを見たら、速《すみ》やかに合流すること。そして僕を助けに来ること」

スピカ、ラズリー、シラユキ、そしてドラゴン。４人分のメッセージ・バードを用意して僕は窓から送り出す。ちなみに彼女たちの居場所は分からない。なので置き手紙のような感じである。つまりメッセージ・バードの行く先というのは彼女たちの自宅や借りているホテルである。

時計を見れば既に午後６時近く。いくら日が長いとはいえ、外は暗くなりつつある。

耳を澄ませると聞こえてくるのは夏虫のはしゃいだ鳴き声と子供たちの愉快そうな笑い声だ。それから買い物帰りと思《おぼ》しき夫人たちの飛行魔術の風を切る音。マナを節約したい人や魔術が上手く使えない人たちは公営の馬車に乗ったりしている。その車輪の音などが響いてきていた。

僕はそれらの音を置き去りに部屋を出る。向かうのは自宅に作った地下室だった。階段を下りきると、そこには鉄扉が待ち構えている。……僕は冷たくて硬い扉の雰囲気を前にして時間を気にする。まだ夕陽は沈みきっていなかった。とはいえ夜は夜だ。きっと起きているだろう。

鉄扉を開けた。

地下室の照明は、薄いレッド。

硝煙のにおいを漂わせる、灰色の壁と床だけがある。

他にはなにもなく――でも僕は、その部屋の中心に存在するものを知っている。

――透明の魔法陣。

僕は魔法陣を前にして人差し指を噛む。指の腹を千切るように。痛い、という感覚はどこかに飛んでいる。あまりにも慣れている作業だ。口に広がるのは鉄の味。血の苦味だ。

その血を、僕は透明の魔法陣に垂らした。

――瞬間に魔法陣は朱《あか》く光り輝く！

僕はさらに囁くように言った。

「おいで、ララウェイちゃん」

ララウェイちゃん――ララウェイ・ヘミングは、種族としては吸血鬼にあたる。出会いは2年前。【カガヤキ洞窟】において僕たちは出会った。

当時のララウェイちゃんは極度の飢餓《きが》状態にあった。かなり傷つき弱って自分で食べ物を調達する余裕すらもないようだった。だからとりあえず僕は自分の血をあげることにしたのだ。

……ああ。本来であれば見捨てるべきなのだろう。なにせ凶悪で危険度が高い吸血鬼だ。回復したらなにをされるか分からない。

そうだ。かつて一度戦った吸血鬼も狡猾《こうかつ》で卑劣だった。もしもあの吸血鬼がララウェイちゃんの立場だったとしたら僕は間違いなく殺されていただろう。

それでもやはり僕の思想は「善い奴もいれば悪い奴もいる」から変わらない。

というわけで、当時の僕は吸血鬼の少女――後《のち》にララウェイちゃんと名乗る彼女を救出する。

当初は警戒心を剥き出しにしていたララウェイちゃんだったが日が経つにつれて雰囲気を柔ら

かくしていった。それから僕とララウェイちゃんは協力して洞窟を脱出することに成功したのだ。

　そして脱出後に、僕とララウェイちゃんは契約を結んだ。

「我とサブローは親友だ。ゆえに——いいであろう？　いつでも会えるように。なんていうのはすこし、気恥ずかしいのだが」

「恥ずかしいことなんてなにもないよ。親友なんでしょ？　なら、魔族と人間だろうと、いつでも会えるのは当たり前だ。会いたいときに会うのは当然だよ！」

「……とはいえ、我の方から呼べないというのは不便だな」

「大丈夫。なにかあったらすぐララウェイちゃんに相談するからさ」

「馬鹿。なにもなくても呼べ」

——銀髪のお姫様カットに、血よりも濃い紅色の瞳。

——黒を基調とした、ゴシック・ロリータ。

　僕たちは家の地下室で再会する。『いつでも会えるように』という契約の遂行。必要な代償は一滴の僕の体液のみ。成果として顕現《けんげん》するのは、高潔な魔族である吸血鬼。

床に描かれた魔法陣から、まるで風船のようにふんわりと宙に浮かびながらラウェイちゃんは登場する。それからゆっくりと身体が落下していって着地。彼女は辺りを見渡すように視線を這わせた。それから正面に立つ僕の姿を見つける。

弾けたのは舌打ちだ。

「こら、お馬鹿サブロー。いま大事な場面だったんだぞ？」

「え。ごめん。もしかして友達と遊んでたとか？」

「いや、友達はいない……。……というか知ってるだろサブロー！　我に友達いないの知ってるだろ！　知ってて言っただろ！」

「まあまあ」

「まあまあじゃないっ！　分かってて言ってるだろうが！　こら！　我がぼっちなの分かってて言ってるだろ！」

「うん」

「いい！　もう帰る！」

「ごめんごめんごめんごめん！　からかいすぎた。ごめんごめんごめんごめん！」

ちっ。ちっ。ララウェイちゃんは繰り返すように舌を打って不機嫌さをアピールする。

からかいすぎた。なんて後悔しながら僕はまた指を噛む。そして血を滲ませてララウェイちゃんに差し出す。……これはもはや恒例行事だ。ラウェイちゃんの機嫌を直すための恒例行事。完成されたパターン。ララウェイちゃんは特になにを言うでもなく僕の指に吸い付く。そのままちゅーちゅーと音を立てて吸ってくる。血の出が悪いときにはれろれろと舌で舐《ねぶ》られる。

くすぐったさが背筋を震わせた。

やがて刺激に慣れてきた頃にちゅぷ、と音を立てながらララウェイちゃんが柔らかな唇を離す。その表情はやけに色っぽい。

濡れた指にはもう傷がついていない。僕はハンカチで拭い、それから言う。

「で？　ごめんララウェイちゃん。なにかの作業の途中だったりした？」

「む？　いや。作業中というかなんというか。……ゲームをしててな」

「なんだ」

「はあ？　なんだその反応！　ちょうどオールキル間近だったんだぞ！　分かっているのかサブロー！　敵をばったばったと魔術で撃ち殺して我は救世主になる手前だったんだぞ！」

「しかもFPM（ファースト・パーソン・マジック）か……」

「いいだろ別にFPMでも！　なにか悪いのか！　我がFPMをしててなにか悪いのか！」

「いや悪くない悪くない悪くない。吸血鬼だってゲームをする。うん。吸血鬼だってFPMをしていい！」

「いいだろうが！」

「いい！」

これ以上怒らせると今度は指だけでは済まないな。それこそ首に噛みつかれて悶《もだ》えることになる危険性もある。……かつて一度だけあったのだ。ララウェイちゃんを怒らせてしまって強引に押し倒されて首筋から吸血されたことが。あれはまさに地獄だった。

——吸血鬼という種族は吸血対象への感情によって、与える感覚が左右される。

憎むべき敵から吸血したとき、その敵に与えられる感覚というのは苦痛以外のなにものでもない。とてつもない痛みだ。それこそ吸血されながらショック死してしまうほどの痛み。

ならば逆は？

『うわー！　ララウェイちゃんやめて！　やめてー！　マジやめて！　ごめんて！　ねえ！マジやばい！　これやばい！　死んじゃう！　死ぬううう！』

『うるしゃい！　よがりくるってろ、馬鹿』

『うわああああああああああああああ！』

それはもはや想像を絶する快感だ。下手をすれば泡を吹いちゃうくらいの。……二度と味わいたくない。あれは別の意味で地獄だ。しかも快感には中毒性がある。次に味わってしまったらそのときこそ抜け出せるか怪しい。依存してしまう可能性だってゼロではないだろう。

はあ……。呼び出してまだ10分も経っていないのにやけに疲れたな。なんて僕は苦笑する。

そしてその苦笑を見てラウェイちゃんも気配を切り替える。

「それで？　サブロー。どうかしたか。困った事態でも起きているのか」

「まあね。説明はすこし長くなるけどさ」

「構わん。聞かせてくれ」

ありがたい。それから僕は現状について説明していく。ダンジョンXの異変。120年前の戦争との関連性。これは魔神復活の予兆なのではないか？　という類似性。

説明し終えたときのララウェイちゃんの表情は複雑なものだった。

それもそうだ。僕は喉の渇きを自覚しながら思う。なぜなら別にララウェイちゃんは魔神に対してどうこう思う立場でもないだろうから。あくまでもララウェイちゃんは魔族なのだ。僕と友達っていうだけの、魔族なのだ。

「ちょっと飲み物持ってくるね」

僕はララウェイちゃんが思案しているだろう間に地下室を出る。1階のキッチンに上がって飲み物をコップに注ぐ。果実のジュース。僕はコップを2つ手に持って地下室に戻った。

ララウェイちゃんは硬い床に腰を落ち着かせていた。僕はララウェイちゃんの対面に座ってコップを差し出す。

「ごめんね。椅子とか用意できたらいいんだけど」

「構わん。ここはあくまでも物置だ。使われていない物置。そうだろう？」

「うん。そういう感じにしてるよ。誰にも怪しまれないようにね」

まあシラユキあたりはなにか感づいているような気もするが。

ラウェイちゃんは両手でコップを持ってちびちびとジュースを飲む。それからララウェイちゃんは言った。

「状況は理解した。それで、どうだ？　サボらないか。拒否権がないなど、我には理解ができない。我と遊ぼう。どうだ？」

「まあ、逃げられるなら逃げるんだけどね？　逃げられる立場にはいないんだよ、僕は」

「勇者ゆえにか？」

「うん」

「難儀な立場だな、本当に」

「まったくだよ」

「……仕方ないか。我も一肌脱ぐさ」

「……悪いね、本当に」

「構わんよ。持つべき者は友だ。そうだろ？」

「その通り。持つべき者は友で、仲間だ。……ララウェイちゃんが友達で良かったよ」

僕は心の底からの言葉を口にする。ララウェイちゃんと出会ったのは幸運だった。ララウェイちゃんと仲良くなれたのも幸運だった。

そしてララウェイちゃんが大事だからこそ、僕は必ず訊かなければならない。

「ねえ、ララウェイちゃん」

「む？」

「本当に、大丈夫なの？」

「なにがだ？」

「もしもこれが本当に魔神の復活に関わっていたとしたら、ララウェイちゃんの行動は、同族に刃向かうようなものじゃない？」

僕は訊く。でもそれは訊くまでもなく分かりきっていることだ。同族に牙を剥くに等しいだろう。そしてそれは魔族であるララウェイちゃんにとって賢い行動とは言えないはずだ。

ララウェイちゃんは本当に平気なのか。大丈夫なのか。

僕は——見る。集中してララウェイちゃんを見る。その表情を見る。仕草を見る。目の動きを見る。かすかに動く身体を見る。見れば分かるものがある。見れば掴めるものがある。たとえ言葉で「大丈夫」と言っていても大丈夫ではない場合がある。そして僕はその本心を見抜くだけの目の良さを持っている。

ララウェイちゃんは、微笑む。

「これは我があの洞窟で息絶えかけていた理由の1つでもあるが……安心しろ、サブロー。あまり言いたくはなかったが、そもそも我は魔族に仲間などいないのだ。友達もいないのだ。もちろん敵対しているというわけではないが。それでも、それが真実だ」

微笑みは儚《はかな》げだ。

僕は2秒だけ目を瞑《つむ》る。ララウェイちゃんの言葉に嘘はなかった。真実だった。それが僕にはよく分かった。目を開ける。

「FPMか。実を言うと僕、得意なんだよね」

「ほう。なら仕事が終わったら一緒に遊ぶか。まずはタイマンで実力差を分からせてやろう」

「無駄だよララウェイちゃん。僕は得意なんだ……目が良いから」

「ほざいておけ」

「泣かさないように手を抜くのも大変なんだけどなぁ」

お互いに見つめ合ってすこしだけ笑う。それからララウェイちゃんはコップに入っているジュースを飲み干した。つられるように僕もガラスのコップを透明に戻す。

ララウェイちゃんは唇を舌で舐めてから、言う。

「我も準備に動かないとな。そろそろお暇《いとま》することにする」

「うん。ごめんね。急に変なことに巻き込んじゃって」

「なに。今さらだろうが。サブローはいつも変なことに我を巻き込む。慣れたものだ。それに、友人に頼られるのは悪い気分じゃない」

ララウェイちゃんは立ち上がって赤い魔法陣の上に戻った。僕も見送るように立ち上がる。

「ところでサブロー。もしも本当にダンジョンの異変が魔神復活の予兆なのだとしたら、そこには必ず別の存在が関わっているはずだ」

「？　別の存在っていうのは？」

「魔神を復活させるために動く者——凶悪な魔族だ。気をつけろよ、サブロー」

「……まあ、気をつけるだけ気をつけるさ」

「奴らは**魔人**と呼ばれている。もしも魔人と遭遇《そうぐう》したならば——人間の身では勝てぬ。ゆえに、逃げろ。必ずだ。必ずだからな！」

◆◇◆◇◆

ララウェイちゃんは魔法陣の上で、まるでアイスクリームが溶けるようにして消えていった。

もうちょっとその魔人とやらについて詳しく教えてほしいな。と僕は望むけれどたぶんララウェイちゃんも詳しくは知らないのだろう。詳しく知っていたのだとしたら必ず教えてくれるはずだから。つまりそれほど情報が少ないのか。魔人とやらに関しては。

考える。120年前はどうだっただろうか。魔人などという存在はいただろうか？　分からない。……僕は地下室から2階に上がってまたメッセージ・バードに言葉を吹き込んだ。

宛先はマミヤさん。

『120年前に魔人と呼ばれる存在がいたのかどうか、調べてください』

外は暗闇に落ちている。家の前の通りを灯《とも》しているのは王国が設置している魔術灯だ。夜空には月と星々が、まるで子供の切り刻んだ折り紙みたいに貼り付けられていた。

僕はしばらく窓際に寄りかかって夜風を浴びていた。でもすぐに自室を離れてマナで湯を沸かして風呂に入った。僕はお風呂に入ることが好きだ。簡単にリラックスできるから。次にご飯を食べに行く。移動はマナ・チャリにする。飛行魔術を行使することも考えたが夜ということもあってやめておいた。

車輪を回す。マナを供給するとペダルは軽くなる。調子に乗ってぬるい夜風を浴びていく。老髪の毛が逆立っていく感覚がある。到着したのは地域の居酒屋だ。客層は落ち着いている。老人がほとんどだ。地域密着ということもあって客も馴染みの人たちばかりだ。ということで僕が入っても変に視線を感じたりはしない。適当にサラダと揚げ物と白米を食べてエールも飲んだ。さらに海鮮系のおつまみも追加する。最後にお味噌汁を啜ってすべてを平らげた。

帰途につき——自室の窓の手前で、寒そうに身を縮めているメッセージ・バードを迎える。

マミヤさんの声が夜暗《やあん》に溶ける。

『魔人について調べておきます。ですが、出発までには間に合いません』

ありがとうございます。という言葉は夜空に流した。

僕は眠る準備に入る。

寝不足でも寝過ぎでもコンディションは悪くなる。睡眠時間のコントロールは冒険者にとって当たり前にこなさなければならない習慣の1つである。……僕は睡眠時間を逆算して時間を潰すことに決める。ありがたいことに時間を潰す手段に関しては困ったことがない。僕は動画を見たり配信を視聴したりするのが好きだ。

ちなみに動画や配信に関してはとある巨大な民間企業がすべてを独占している。技術についても明かされてはいない。もしもすべてが公になれば通信技術が発達してメッセージ・バードよりも便利な連絡手段が生まれると思うのだけれど……。そのあたりは利権の泥沼世界。

マナチューブで動物系の動画や食事系の動画を見て1時間ほど時間を潰した。予定通りだ。眠気の予兆も感じる。そして僕は眠気に逆らわずにディスプレイも照明もなにもかもを落として――目を瞑った。

夢すら見ない深い眠りから目覚めると、午前9時手前だった。

カーテンから漏れている陽をかすかに浴びながら僕はベッドから起き上がる。午前中の太陽というのは透き通っていてどこか特別感があるから僕は好きだ。

朝一番の食事は少なく済ませておく。軽く栄養を摂ったら服を着替えて家の周辺をぶらぶらと歩いた。出来るだけ日差しを多く浴びるようにして目を覚ましていく。

家に帰れば出発の時間が近い。今度はちゃんとした食事を摂る。冒険前にはカロリーを多く摂るに越したことはない。もちろん栄養も考えるけれど。とはいえとにかく食う。食う。食う。

歯磨きをしてから2階の自室に上がる。メッセージ・バードが飛んできていないか確認した。結果は残念。クローゼットから変装用のローブを取り出して羽織る。戸締まりを済ませて家を出た。向かうのは王都の東にある――商業地区である。

歩きながらコンディションを確認する。問題なし。体調は万全だ。

集合場所には怪しげな黒ローブ集団がたむろしていた。

12人。僕は黒ローブ集団のリーダーである2人の人物に視線を配った。2人は互いに背を向けていて喋ったりはしていない。よくよく見てみれば2つの合同パーティーも別に会話をしたりしている様子はない。

　僕はつとめて明るく声を掛ける。

「おはよう！　いや。こんにちはが正しいかな？　まだ時間前だっていうのに、みんな優秀ですがだね。【原初の家族《ファースト・ファミリア》】なんて遅刻が当たり前みたいなところがあるからさ」

「あっ。こんにちはかもです！　……ええと、それでいつ出発しましょう？　サブローさん。一応出発の準備はみんな整ってるかもですけど」

　自信がなさそうに言うププムルちゃんに、しかし答えるのは僕ではない。

「出発は5分後だ。あと何度も言わせるなよ。リーダーは俺だ。訊くなら俺に訊け」

「……すいません」

「ちっ」

「でもっ。なんでそんなに偉そうなのか、私には分からないかもです」

「？　偉そうなんじゃない。リーダーとしては当然の振る舞いだろう。なにより手間を増やすな。俺に訊けばすぐに答えが返ってくるだろ。違うか？」

　明らかな苛立《いらだ》ちを隠さずにフーディくんは吐き捨てる。

「……これが正しいかもですか？」というププムルちゃんの呟きは宙《そら》に溶けた。

　ところで僕は冒険する過程で様々な国を回り種々雑多なパーティーと出会ってきた。その中にはリーダーを絶対とするワンマンパーティーがいくつもあった。本当に王様のようにリーダーが振る舞っているパーティーがとてつもなく優秀なパーティーであることもあった。

だから、正しいとか正しくないとかは僕には分からない。

「サブローさん」

ププムルちゃんに嘲《あざけ》りを向けていたフーディくんが僕に言う。顔は既に引き締まっている。

それは戦いに赴《おもむ》く前の戦士の顔だ。僕が頷きを返すと、フーディくんは続ける。

「とりあえずサブローさんには、後ろから付いてきてほしい。基本的にはノータッチで構わない」

「うん。それでいいそれでいい。僕はあくまでも個人だからね。優秀なパーティーの動きに合わせるさ。指示にも従うよ」

「感謝する。……なら、あと4分だな。4分で出発するぞ。おのおの準備を整えておくように！」

よく通るフーディくんの声に反応するのは【竜虎の流星《ダブルスター・ダスト》】の面々だけだった。ププムルちゃんも【虹色の定理《ラスト・パズル》】の面々も返事はしない。それでも言われたことに従おうという意思はあるようだ。おのおのに出発の準備を進めていく。

さて。

僕の荷物はいつものサバイバルポーチにリュックサックが1つだけだ。

僕はのんびりと青空を眺めながら出発の時間を待った。

やがてフーディくんの活発な声が響く。

「これより我々は【ヨイマイ森林】の【トトツーダンジョン】に調査へ向かう。第一目標は異変の原因を突き止めること。……行くぞ」

2章　ダンジョンX調査隊

複数パーティーの行軍は徒歩か馬車での移動というのが通例だ。もちろん例外はある。それこそ喫緊《きっきん》の問題に直面しているときなど。そういった場合は冒険者協会ではなく王国が依頼者となって冒険者たちを送り出す。手段は【王国魔術団】による魔術・魔法である。

ただ今回のダンジョンXの異変に関して王国は関わっていない。もちろん『ダンジョンX』において異変が発生している。１２０年前の魔神復活との関連があるかもしれない』という報告は冒険者協会から王国側になされているだろう。とはいえあくまでも可能性の域を出ない。さらに現状はなんの危機もない。ゆえに王国側は表に出てこないし【王国魔術団】も力を貸してはくれないというわけだ。

というわけで、僕は馬車の中にいた。

出発からは1時間ほどが経過していた。

馬車は合わせて4輛《りょう》である。【虹色の定理《ラスト・パズル》】と【竜虎の流星《ダブルスター・ダスト》】で2輛ずつ。構成としては先頭と最後尾が【竜虎の流星《ダブルスター・ダスト》】の馬車である。挟まれるようにして走るのは【虹色の定理《ラスト・パズル》】の馬車。構成はすべてフーディくんの指示によるものだった。

ちなみに僕は最後尾の馬車――【竜虎の流星《ダブルスター・ダスト》】の面々と一緒に馬車に乗っていた。

さて。

僕は【竜虎の流星《ダブルスター・ダスト》】に所属している2人の冒険者と一緒だった。どちらも気の良い男の子である。歳はフーディくんと同じらしい。つまりどちらも僕よりは年下ということになる。1人は先ほど馬車の外に出て御者《ぎょしゃ》台に腰を落ち着かせていた。

馬車に残されたのは僕と、もう1人。

フーディくんとは正反対の、さながら日没前に見せる夕陽の最後の足掻きみたいに赤い髪の毛を肩まで垂らした男の子だ。自己紹介によると副リーダーをしているらしい。名前はロディンくん。

僕はとりあえず声を掛ける。

「ロディンくん」

「あ、はい」

「僕さ、なんの予定も入っていない日にのんびりと外に出て、公園とかのベンチで横になって、木々の梢《こずえ》から漏れる陽を浴びながら欠伸《あくび》とかするのが好きなんだよね」

「……え。あ。そうなんですか。……欠伸でありますか？」

「そう。欠伸。ふわああって、大きくするのさ。涙がこぼれちゃうくらいに、大きくね」

「はあ。そうなんでありますか」

「そうなんだよ。でもそれと同じくらい、人間も好きでね」

ロディンくんは理解できないように首を傾げる。だから僕は重ねるように言う。

「僕は人間が好きなんだよ」

悪路に馬車が跳ねた。お尻の下のリュックサックが弾む。

馬車は王国東部の平原から【ヨイマイ森林】へと突入していた。とはいえまだまだ移動に時間は掛かるはずだ。どこかで野宿をしなければならないだろう。

僕はロディンくんに言葉を続ける。

「でね、まあ僕はこういう人間だしさ、自分から面倒ごとに踏み入ったりするつもりは毛頭《もうとう》ない。君も知っての通り、今回の僕は後方で空気に徹するつもりだ。……っていうのを前提の上で訊くんだけどさ」

「は、はい」

「フーディくん、なんであんなにリーダーにこだわっているのかな？」

ププムルちゃんに対するライバル意識……というのは理解している。ただ、それだけでは説明がつかないほどリーダーという立場にこだわっているような気もする。

僕はロディンくんを見る。——ロディンくんが素早く瞬きをして動揺するように視線を動かすのを見る。指にきゅっと力が入るのを見る。彼が動揺しているのを簡単に見抜く。

「まあ、僕はフーディくんが嫌いなわけじゃないんだけどね。責めるつもりも指摘するつもりもないよ。ただ、気になっているだけなんだ」

それは事実だ。そもそも僕は先述したように人間が好きだ。いままでの23年間でたくさんの人と出会って交流してきたけれど、嫌いになった人なんてほとんどいない。

「後々になって問題が表面化するのも嫌だと思っている。だから話せるならいろいろと教えてほしいんだけど……どうだろうか」

ロディンくんはすこし間を置くように視線を僕から外して窓の外に向けた。そこには流れ去っていく森林の既視感《デジャヴ》的な光景があるだろう。緑の残像だけがあるだろう。

ロディンくんは一拍置いてから口を開いた。

「俺たち、幼馴染みなんですよ。フーディと、俺」

「あ。そうなんだ?」

「でも本当は幼馴染みは3人いて。……1人は、冒険を離れました。冒険中に、大怪我《けが》を負って。……その責任をあいつは感じてて」

ロディンくんは喉につっかえがあるかのように話す。重い鉛玉をこみ上げさせるかのように。

冒険中の、大怪我。……冒険者と怪我は切っても切れない関係にある。いかに怪我を遠ざけるかが腕の見せ所だとしても回避不能の危険もある。ああ。軽い事故。軽い傷程度ならばべつにいい。肉体的に軽い傷ならば。それでも往々にして冒険者は重い事故・重い怪我に見舞われる職業でもあるのだ。

きっとそれは間違いなく不運な事故だったのだろう。誰も悪くはない。誰も悪意なんて持っていない。故意ではない。けれど不運な事故というのは誰になんの落ち度がなくとも襲いかかってくるものなのだ。突然の夕立みたいに、いきなり身体を強《したた》かに打ってくるものなのだ。

僕の冷静な頷きを見てロディンくんは唾《つば》を飲み込んだ。そして彼は言う。

「半年前のことであります。まだ年も明けていない冬のことでした。静かな雪が降り積もっていた。俺たちは合同パーティーを組んでいました。【テリアン帝国】の冒険者パーティーと」

まるで深夜に内緒話をするかのような細い声でロディンくんは話を進める。

当時の【竜虎の流星《ダブルスター・ダスト》】は5人パーティーだったという。件《くだん》の幼馴染みは遊撃の役割が主だった。身軽だったらしい。そして組んだのは【テリアン帝国】で知る人ぞ知る【衝撃の暴走《クレイジー・インパクト》】という名称のベテランパーティーだ。そこのリーダーはフーディくんたちよりも一回り上の壮年の男性。任務の内容は「連絡のつかなくなった冒険者パーティーの捜索・および生存しているならば救助」。

場所は【タランチュ遺跡】と呼ばれる遺跡内。【竜虎の流星《ダブルスター・ダスト》】にとっては未知なる経験と緊張の連続だった。合同パーティーを組むのも初ならば、遺跡と呼称されている場所を探索するのも初。捜索および救助の任務も初。すべてが初。

そんな状況下で【衝撃の暴走《クレイジー・インパクト》】を頼るのは当然の判断だろう。

しかし、結果的にはそれが間違いだった。

「我々は主に前衛に出て戦うタイプのパーティーであります。しかし【衝撃の暴走《クレイジー・インパクト》】の指揮下に入ったとき、我々の立ち回りは変わった。……後方に控えているときのことでした。背後からの奇襲があったのは」

僕は聞く。そして見る。話しながらロディンくんの拳《こぶし》に力が入っていくのを。その拳が白く変色していくのを。……不幸だ。不運だ。誰も悪くはない。誰も悪くないのに、誰かが怪我をする。誰かが命を落とすことだってある。それが冒険。

「もちろん、分かっているであります。【衝撃の暴走《クレイジー・インパクト》】は悪くない。我々を後方に配置したのだって、我々の負担を減らすための判断だったのでしょう。けれど」

「……割り切れるものじゃないよね」

「幼馴染みが冒険を離れたあと、フーディは変わりました。すぐに【勇者の試練】に挑《いど》んで勇者になり、ひたすらに上を目指すようになった。……サブローさんからしてみると、幼い感情のように思えるかもしれませんが」

「いや。そんなことないよ。むしろ優秀だと思う。行軍の手際だって見事だしね。意外に軽く見られがちだけど、合同パーティーを纏めてここまでの速さで移動できるのは凄いことなんだ」

僕はまた窓の外に視線を向ける。【ヨイマイ森林】の浅い地点。たぶん僕が指揮を執る立場であったならばまだ【ヨイマイ森林】に到着すらしていないだろう。

「ところで……その幼馴染みさんは、いまは？　王国にいるのかな」

「ええ。王国の田舎町で療養しているであります。我々の故郷です」

「具合はどう？」

「あ！　最近やっと歩けるようになったと！」

ロディンくんは明るい笑顔で言う。僕もつられるように笑顔を返す。けれど僕の胸中は笑顔ではない。……そこまでの怪我か。半年が経ってやっと歩けるようになるくらいの怪我なのか。

そして僕は理解する。理解したと言っていいのかは分からないけれど。でもフーディくんがリーダーの立場にこだわる理由は理解できるような気がする。

「リハビリしたら冒険に戻ることも考えているの？」

「それは……。どうでありましょう。彼女はすばしっこいのが取り柄でしたし、パーティーにおける役回りも遊撃が主でしたから。……いくらリハビリしても、あの怪我では」

「気持ちは？」

「気持ちはもちろん！　彼女だって、また戻れるならば戻りたいでしょうし」

「ならいつか、【精霊の里】を訪れるといい」

「はい？」

「【精霊の里】。あそこには世界樹があるでしょ？　基本的に人間は立ち入っちゃいけない場所なんだけど……。リリカルっていう精霊がいるから、僕の紹介で来たって伝えるといい。それで世界樹の、洞《うろ》を観察してみて。……1日に1滴だけ、蜜《みつ》がしたたるんだ。その蜜を飲ませると、もちろん可能性の域を出ないけれど、怪我は癒《い》えるかもしれない」

なんて。

言いながら、リリカルの憎たらしい顔を脳裏に浮かべた直後だ。


「敵襲うううううううううううううう！」


と。

あまりにも唐突なその叫びに対してもちろん僕は反応できない。馬車が急停止して身体が前に投げ出される。そして前転してバランスをとっている間に御者台から【竜虎の流星《ダブルスター・ダスト》】のメンバーが飛び降りる音が聞こえた。さらにロディンくんも馬車から飛び出していった。その素早い警戒の動きだけで【竜虎の流星《ダブルスター・ダスト》】の練度が分かる。

僕も遅れて馬車から飛び出た。

そして、見る。

縦一列に並ぶ馬車を囲むように、森林の木立《こだち》から姿を現した魔物たちを。周囲に擬態して己の視認性を下げるような土色の肌を持つ魔族……アーク・ゴブリンの群れを。

鼻を衝《つ》いて立ちこめるのは饐《す》えた悪臭だった。

森林の緑に白が混じっていく。……アーク・ゴブリンたちの屈強な肉体から漂う、白い煙。それはアーク・ゴブリンたちが僕たちという名の敵——あるいは餌を前にして興奮して汗をかいていることを表していた。

緊張感が空気を張り詰めさせ、音を澄ませた。

「【竜虎の流星《ダブルスター・ダスト》】は通常の配置につけ。決して怯《おび》えるな。怯えを悟られた瞬間に襲われるぞ。【虹色の定理《ラスト・パズル》】はそれぞれ馬の近くに寄れ。機を見て、援護を頼む」

緊迫した状況下で指示を出すフーディくんの声は鋭い。フーディくんは僕たちの方は見ずにあくまでもアーク・ゴブリンたちを睨《ね》めつけるようにして声を通していた。しかも的確だ。たぶん現状を俯瞰《ふかん》して把握しているのだろう。フーディくんの指示に従って【竜虎の流星《ダブルスター・ダスト》】の面々がすり足で移動していく。4輌の馬車に1人ずつ配置につくような形で。さらに【虹色の《ラスト・》定理《パズル》】も同様に動いていく。

その、途中だ。

――呼吸の、隙間。

「参る」

味方すらも反応できない速度。

先頭から数えて2輌目の馬車から発せられた声。そして僕は――かろうじて見た。

僕の目でも残像でしか映らない速度で大地を滑る小柄な人影を。低い低い体勢。銀色の得物《えもの》が鞭《むち》のように空中でしなった。次の瞬間には人影の手元から鋭い銀光《ぎんこう》が放たれる。

華麗な一閃。

首が、舞った。

1匹のゴブリンの首が刎《は》ねられ、宙に飛ぶ。

遅れて血が勢いよく天に噴き上がる！

……うわマジか。なんて僕が小等学園の1年生みたいに呆《ほう》けている間に第二の矢が飛ぶ。それはフーディくんの剣先から放たれた春烈風《はるれっぷう》のような光の剣だ。――魔法剣。それは数体のアーク・ゴブリンの胴体を薙《な》ぎきって真っ二つに落とす。

遅れて雄叫《おたけ》びを上げるのはアーク・ゴブリンたちだ。悪臭が風に乗ってどんどん強くなる。

黄色い歯が剥き出しになった。雄叫びがさらに高らかになった瞬間――【虹色の定理《ラスト・パズル》】の面々から高密度のマナが立ち上る。

「『爆《は》ぜろ、大地よ』」

――呟きに呼応し空間に発現するのは魔法陣。土色の魔法陣。僕はププムルちゃんから放たれるマナの蠢《うごめ》きと流れを感じ取る。衝撃の予兆が風となって僕の足を浮かせるようだった。

――マナは姿形を変えて空間を伝播し大地に含まれ――魔法陣が光り輝いた！

魔術の顕現。

――破裂。

森の水に湿った泥がひっくり返されるように爆ぜ――大地から嫌われたゴブリンたちが空に飛んだ。

ああ。空を汚す土色の点に――飛びつくように軽々しく【竜虎の流星《ダブルスター・ダスト》】が跳躍する。剣閃《けんせん》が太陽に反射する。瞬間、血飛沫がなにかしらの巧《たく》みなアートのように青空を遮った。

それは見事な一幕だった。

それ以外の言葉が見当たらないほどの、鮮やかな撃退だった。

僕はのんきにアーク・ゴブリンたちの血を浴びながら思った。なにより素晴らしいのは彼らがいまの撃退に対してなんの感慨も抱いていないところだ。できて当たり前。やって当然。そんな気配を漂わせながら【竜虎の流星《ダブルスター・ダスト》】も【虹色の定理《ラスト・パズル》】も後処理に入ろうとする。

けれど、その前に。

「まだいるよ。ピクシーが4体。こっちを見ている」

僕は木立の奥を指さしながら言う。警戒態勢を解いているみんなに。

しかし誰も反応しなかった。反応できていなかった。……人というのは自分で見たり感じたりしたもの以外は信じにくいものだ。たとえ誰の言葉であろうとも疑ってしまうものだ。

けれど遅れて【虹色の定理《ラスト・パズル》】のメンバーが「あ」と気がついて指をさす。

「あそこ、ぼんやり、マナの波動、感じる」

そして次にもう1人。今度は先ほど見事な先陣を切った小柄な戦士が気づく。そうして1人ではなく複数人が気づいたならばそれはもう無視できるようなものではない。みんなが集中して木立の奥を見つめ——魔術の準備をしているピクシーを発見した。

であれば、あとは終わりだ。

1分後に魔物の気配はすべて消え去っていた。

◆◇◆◇◆

ところで、アーク・ゴブリンは新米冒険者たちにとって最も危険度が高いと言っていいほどの強敵である。体格は小柄だが筋肉は屈強で生半可《なまはんか》な力では剣が通らない。同様に魔術にしてもある程度の耐性を持っている。しかもなにより群れで襲いかかってくる。

町に戻ってこない新米冒険者パーティーがアーク・ゴブリンに襲われて首から下を食われていたなんていうのはよくある話だ。さらに時期が悪ければ女性冒険者は巣に連れ帰られてひたすらに凌辱されるはめになる。生きていても廃人と化した冒険者も多い。

僕たちはまたそれぞれの馬車に戻っていく。僕はロディンくんと馬車の中で2人きりになった。しばらくの間は会話がなかった。けれどそのうちにロディンくんは言った。

「あの。先ほどの話のことなんでありますが」

「ああ！【精霊の里】のこと？」

「そうです。もっと詳しくお話を伺いたいのですが」

「ほら。本来なら世界樹の近辺って聖域だから立ち入り禁止なんだけどさ。実はリリカルっていう精霊に頼めば行けなくもなくてね。世界樹の傍に」

「……え」

ロディンくんは言葉を失う。当然だ。なぜなら世界樹の近辺は人間が決して立ち入ってはならない場所だから。というか、精霊以外の何者も立ち入ってはいけない場所だ。

「まあ、もちろん無条件ってわけじゃない。そこまで都合の良いもんじゃないからね」

僕が思い出すのはかつての苦労だ。リリカルから出された無理難題だ。到底不可能に思える課題だ。けれどそれを僕は達成しなければならなかった。

「いまリリカルがなにを求めているかは分からないけれど——彼女の求めるなにかを持って行かないといけない。そうでないと世界樹の近くにはいけない。でも達成できたならば、世界樹の蜜を1滴だけ持ち帰ることができる。それで、あくまでも可能性の話なんだけれど……君たちの幼馴染みを、助けられるかもしれない」

酷い怪我ならば一滴すべてを使わなければならないだろう。薄めたり分けたりはできない。まあロディンくんの表情から伝わってくる感じからして、薄めたり分けたりするなんて考えは毛頭ないだろうが。

そこからのロディンくんの質問責めはまさに怒濤《どとう》という言葉が適切なほどだった。僕は圧倒されながらもすべての質問に答えていった。

答え終わった頃には陽が大きく傾きつつあった。空からの明かりは既に乏しい。御者台に乗っているメンバーが馬車の足下を魔術で照らすことによって遅々《ちち》として進んでいく。

やがて馬車は夜の【ヨイマイ森林】で完全に停止した。

野営の準備が始まる。

マナの消費を抑えるために火は枝木を燃やしてまかなう。良い具合に乾燥していたので火を熾《おこ》すのは簡単だった。くゆる火の穂先《ほさき》をぼんやりと眺めていると今度は食事の時間となる。食事に関してはおのおののパーティーが自分たちで済ませる形のようだ。

「希望する者は水浴びしてくれ。南の方に下ったところに川がある。ただし時間は10分までだ。それ以上の水浴びはなにか問題が起こったとして、男女関係なく監視に向かう」

食事を済ませたあとにフーディくんの声が夜暗に響いた。

耳を澄ませてみれば確かに川の流れが聞こえるような気がする。とはいえ火の弾ける音や夜行性の鳥類の鳴き声にかき消されもする。他にもたくさんの音がある。夜風にあおられる木立の葉っぱの音。どこかで獣か魔物が歩き回っている音。

水浴びの提案に関して賛成を示す者はいない。「いや、さすがにこの状況では」というのが大半の雰囲気らしい。まあ僕には関係ない。僕は水浴びをすることに決める。

暗闇の【ヨイマイ森林】を歩いて河原に出た。静かに流れ行く川では白い渡り鳥が集団で羽根を休めて眠りこけていた。僕は彼らを起こさないようにしながら服を脱いで川に浸《つ》かる。

河原は木々に覆われていないから、夜空を仰げば満天を眺《なが》められた。

月も星も大気もその遙か彼方にある宇宙も、すべてが透き通って煌《きら》めいている。

行軍で熱を帯びていた身体がクールダウンしていく。その感覚は得も言われぬ快感だ。僕は川に首まで浸かりながらしっかりと深呼吸をする。寒気がする一歩手前まで水浴びを楽しんだ。

そうして、足音が近づいてきたのは、服を着替え終わった直後だった。

すぐに反応して僕は目を凝らす。暗闇の中で僕は人影を見つけ……恐る恐るといった様子で森から河原に出てきたのはププムルちゃんだった。

「あれ。ごめん。もしかして水浴び？」

「えっ。あ。違うかもです。そのぉ、時間が経ったので」

「ああ。なるほど。てっきりフーディくんとかロディンくんが見に来ると思ったんだけど」

「【竜虎の流星《ダブルスター・ダスト》】の方たちはなにやら【精霊の里】に関して会議をしているみたいでして……」

僕はリュックから布を取り出して髪の毛の水気を払っていく。たぶん【竜虎の流星《ダブルスター・ダスト》】は世界樹の蜜に関して話し合いをしているのだろう。僕は髪の毛を拭き終わってから言う。

「ププムルちゃんも水浴びする？　かなり気持ちよかったよ。魔物の気配もないし」

「えっ。いやぁ、さすがに、その。私に、そこまでの度胸はないかもです」

「度胸？　度胸とかは必要ないと思うけど。……それに結構、これはもしかすると失礼かもしれないけど、似てると思うんだよね」

「似てる、ですか？」

「僕とププムルちゃん、似てると思うんだよ」

僕は純度100パーセントの笑顔をもって言う。

でもププムルちゃんの反応は芳《かんば》しくなかった。ええっ！　と瞠目《どうもく》してから、いやいやいやいやと両手を思い切り振る。ププムルちゃんはそれからなにか言おうとして、いきなり咽《む》せる。げほげほげほげほっ！　まるで初対面のときみたいだな。なんて思いながら僕はとりあえず彼女が落ち着くのを待った。

やがてププムルちゃんは涙目になりながら言った。

「そ、そんなの恐れ多いかもです！　私なんか全然っ、みんなに支えられてばっかりで、自分に自信もないですし。勇者になったのもみんなのお陰ですし。サブローさんみたいに強くもないかもですっ。私なんて」

「うーん。似てる似てる。凄く似てるな。やっぱり」

「似てなんかないかもですっ！　……いやその、嬉しい？　いや。嬉しいっていうかそのぉ、やっぱり恐れ多いかもです！　やめてください！」

「仲良くなれそうだね。今後ともよろしく」

僕は同族を見つけて自然と笑顔になってしまう。やはり似ている。仲間に支えられているタイプだというのも似ている。自分に自信がないというのも似ている。他にも探せば似ているところはたくさん見つかるだろう。

ただし。

僕は本当に実力がないけれどププムルちゃんはどうだろう？　僕は師匠のお墨付きだ。かつてキサラギ師匠は子供の僕に言った。

10歳かそこらの子供である僕に対して、辛辣《しんらつ》に。

『たぶん君には冒険者としての才能はないだろうね。魔術的な素養にも乏しい。戦闘に関しても凡庸《ぼんよう》だ。どう考えても才能がない。……それでも私に師事したいのかな？』

当時のキサラギ師匠の瞳は凍りつくように冷たかった。子供に向けていい視線でもなかった。

「ちなみにププムルちゃん、魔術はどこで学んだの？」

「魔術ですか？」

「うん。ちょっと気になるんだよ。どこの魔術学園の出身なのかな」

「ええと」

「うん」

「【王立リムリラ魔術学園】の、卒業生かもです」

「…………………え？」

「あ。えっと。【王立リムリラ魔術学園】っていうところの」

【王立リムリラ魔術学園】？

それからププムルちゃんはなにやら説明を始める。けれど僕の頭には入ってこない。【王立リムリラ魔術学園】。僕は頭の中で繰り返しながら、自然と口を開けている。そしてそのまま口を閉じることを忘れてしまう。……【王立リムリラ魔術学園】は、学園という文字が含まれていて勘違いされがちだが一般的な学園とは違う。言ってしまえば年齢に制限がない。それこそ3歳から入学することも可能だし、4歳で卒業することも可能だ。――優秀ならば。

聞いた話では、43歳で入学して、そのまま卒業することができずに80歳で老衰で亡くなった学園生もいるらしい。

卒業生はほとんど【王国魔術団】に入団するか、魔法・魔術の研究員となるか。どちらにせよ王国によって手厚く保護されることは確定的だ。それこそ【王国魔術団】に入団したならばその親戚一族まで将来安泰と言われている。

もちろん卒業が容易でないだけでなく入学も容易ではない。聞いた話では千を優に超える倍率だという。試験内容も明かされてはいない。さらに学園生がどのような日々を過ごしているかについても公にされている情報はない。

僕は開いた口をそのままにして言葉を投げる。

「あのさ、ププムルちゃん。僕の仲間にラズリーっていうのがいるんだけど、知ってる？」

「あっ、もちろんかもです！　伝説の生徒だったたって有名で」

「ラズリーですら卒業はしてないんだよ。知ってた？」

え。と虚空に呟くようにしてププムルちゃんはその場で硬直する。もしかすると知らなかったのか。まあラズリーが伝説の生徒と噂されていたのは本当だ。その伝説が卒業していないなんて普通は予想だにしないだろう。

とはいえ1年間だけだ。17歳から18歳まで。僕が社会で働いていた頃にラズリーは【王立リムリラ魔術学園】に入学していた。そして学園で才能の猛威を振るいながら冒険者の等級を同時並行で上げていたらしい。

でもやっぱり卒業はしていない。あのラズリーであっても卒業はしていないのだ。

「でも、その、あの。……あれですっ。私そんな、凄くないかもですから。むしろダメダメっていうか、そんな、卒業生にも値しないっていうか」

「いやいや。もっと自信を持った方がいいと思うけどね」

ただし僕もププムルちゃんに共感できないわけではない。そうだ。彼女の『言葉には』共感できる。なぜなら僕も周りからどれだけ褒めそやされようとも自信を持つことはできないからだ。S級勇者だから凄い！　みたいに言われたとしても素直に受け止めるのは難しい。

しかし実績の面も照らし合わせるとププムルちゃんはもっと自信を持つべきだとも思う。

「その若さで卒業したんだから、胸張っていいと思うけど」

「卒業できたのは、お姉ちゃんの教育のお陰でしかないかもです。私に実力があるからってわけじゃなくてっ」

「へえ。お姉さんがいるんだ？」

「あっ、はい！　凄く優秀で格好いいお姉ちゃんなんです！　いまは【王国魔術団】で働いていて！　私なんかと比べものにならないくらい凄いんです！　ほんとにほんとに凄いんです！　次期団長候補って評価もされてるみたいで！　それに――」

　ププムルちゃんの声が高らかに宵闇《よいやみ》を震えさせた。僕は気圧《けお》されるようにして相づちを打つ。

ププムルちゃんの勢いは前のめりだ。さらにぺらぺらと舌を回してお姉さんの得意な魔術系統の話を始めて……僕は慌てて遮るように言う。

「ちなみになんだけどさ、ププムルちゃん」

「えっ。あっ、はい。なにかもですか？」

「これは別に誤魔化して答えてもらってもいいんだけど」

「はい」

「ププムルちゃんは、どうして冒険者になったのかな」

　それが踏み込んだ質問であることは理解していた。

「あの学園の卒業生なら、お姉さんと一緒の道に進むっていう手もあったと思う。お姉さんにそれだけ憧れているっていうならなおさらに。……なんで【王国魔術団】に入らなかったの？」

そして、やっぱりその質問は踏み込みすぎだったようだ。

暗闇の森林でも僕の夜目は正常に機能してププムルちゃんの動揺を正しくキャッチしていた。

やがてププムルちゃんは答える。

空虚な笑顔を浮かべて。

「私、昔から冒険者になりたかったかもです。憧れていたかもです。だから、かもです！」

僕には分かっている。言葉は嘘だ。でもそれでいい。正直に答える理由はどこにもないのだ。

「そっか。なるほど。教えてくれてありがとう！　ま、そろそろフーディくんに怒られそうだし、戻ろっか」

「はい！」

「明日はよろしくね。ダンジョンXの調査」

「はい！　こちらこそかもです！」

そして、僕たちは野営地に戻る。

夜が、更けていく。

◆◇◆◇◆

緊張を帯びた、朝靄《あさもや》が走った。

夜は交代制で見張りを立てることになっていた。ゆえに目覚めの感触は熟睡というより仮眠という方が正しい。それでも寝られたならば万々歳というのが旅における常識である。

寝起きは身体の節々《ふしぶし》が強ばっている感覚がある。それをほぐすように僕は外に出てストレッチをする。特に下半身を念入りに。そしてある程度身体が温まったところでのんびりと周辺を散歩した。そうして歩いて歩いて満足し、野営地に戻る直前に、僕はふと足を止める。

朝陽を遮るように群生する木立の下。

僕は立ち止まって、辺りに視線を這わせる。

見えるものは、ない。

特別なものは、なにもない。

それでも。

どこか張り詰めた空気感というものを感じる。僕は一度だけ目を瞑って深呼吸を挟む。そしてまた目を開ける。……まだその空気感というものは肌に張り付いている。それは喩《たと》えるならば、切れる寸前まで伸びきった針金の冷たさと緊迫感に似ている。

どこから漂っているのだろう？　この緊迫感は。

——なにか、起きそうだ。

予感を抱えたまま僕は野営地へと戻る。すると既に【トトツーダンジョン】へ向かう準備は整っているようだった。そして揃って朝食を食べているときに、フーディくんは言った。

「いいか。なにが起こるかは未知数だ。予想だにしていない恐ろしいことが起きる可能性だってある。ただ、どんな状況下であろうとも、俺の声を聞いてくれ。俺の指示を聞いてくれ。俺を信じてくれ。——必ず俺は、リーダーとしての役目を果たす」

それは真実味のある言葉だ。本心からひねり出されたのだろうと容易に感じ取ることのできる言葉だ。有り体《てい》にいえば覚悟が滲んでいた。だからみんなは静かに頷く。

最初は感触のよくなかったププムルちゃんたち【虹色の定理《ラスト・パズル》】も頷いていた。

「ねえねえ。ププムルちゃん」

そして朝食を終えてから僕は彼女に声を掛ける。僕が未だに感じている謎の緊迫感の共感者になってくれないかなと思って。

「変な感じ、しない？」

「変な感じ、ですか？」

「うん。ざわざわする感じ。嫌な予感っていう曖昧な言葉でも喩えられるけど」

「え……。えーと。その。私は、あんまりかもです。緊張はもちろんしているかもですけど」

「うーん。……了解。いやなに、僕は臆病者で有名だからね。ちょっとばかし考えすぎなのかもしれない。ありがとうね！」

さて。

僕はどちらかというと心配性の気《け》がある方だ。同時にめちゃくちゃ心配していたことがなんの問題もなく解決したなんていうことも経験している。それに……嫌な予感がするからなんなのだ？　という気持ちもある。嫌な予感がするから引き返そう？　馬鹿を言ってはいけない。そんなことを口にするようなら勇者なんていますぐ退職すべきだ。

退職したいな……。

次に足を運ぶのは先頭の馬車だ。そして僕はフーディくんにも訊く。

「ねえフーディくん。どうだろう。嫌な予感みたいなのってしない？」

「嫌な予感？　いや、特に俺は感じないが。サブローさんはなにか感じるのか？」

「うーん。まあ僕が臆病になりすぎているのかもしれないけどね。緊張とかで」

「……警戒は念入りにしている。罠のチェックも普段以上に強化している。問題はないように思えるが」

「そっか。……ならいいんだ。うん。僕の考えすぎかもね」

「なにか具体的に感じるものがあったらまた教えてくれ」

「うん。ありがとう！」

僕はフーディくんに礼を告げて自分の馬車に戻る。御者台には既に昨日と同じ【竜虎の流星《ダブルスター・ダスト》】のメンバーが乗り込んでいた。遅れてロディンくんも馬車に乗ってくる。

出発の時間だ。

ざわざわする感覚というのはまだ抜け落ちていない。そしてさすがの僕もこの緊迫感が自分によってもたらされる感情ではないことを理解する。つまり外界。空気がおかしいのだ。空間がおかしいのだ。周辺がおかしいのだ。世界がおかしいのだ。それを僕は感じ取っているのだ。

――目で。

そして僕は最後にロディンくんにも訊いた。

「ロディンくん。嫌な予感とかしない？」

「はい？　嫌な予感でありますか？」

「うん。ざわざわする感じ。胸騒ぎっていうか」

「その、すみません。俺にはよく分からないであります」

「そっか」

ああ。……これでも僕は勇者だ。仲間たちのお陰で成り上がったとはいえ、勇者であることに違いはない。そして、僕1人で難所を乗り越えなければならない場面もいくつかあった。

意識を切り替える。――みんなが気がつけないのならば、僕が気がつけばいい。みんなが感じ取れないのならば、僕が感じ取ればいい。

みんなが見えないのであれば、僕が見ればいい。

行軍は進む。

一行は至る。

そして、もう手前まで来たならば、見るまでもなく分かった。そのダンジョンの異様な雰囲気が。そのダンジョンから漂っている、異常な、マナが。

【トトツーダンジョン】は空腹の魔獣が如《ごと》く、濃密なマナを涎《よだれ》のように垂らしながら、僕たちを待ち構えていた。

「……これのことでありますか？　サブローさんが感じ取っていたものは」

「どうだろうね」

たぶん、違う。

そんなことを思いながら、僕は馬車を降りる。

ところで【ライネルラ王国】の領地内にあるダンジョンに関して僕はほとんどを把握していた。図書館などで資料が残っているからだ。

歴史を遡《さかのぼ》る。

そもそも【トトツーダンジョン】はダンジョンXとなる前には新米冒険者御用達《ごようたし》のダンジョンでもあったらしい。階層は少なく、発生する魔物も凶悪ではない。それでもときに宝具や珍しい鉱石などがドロップする。ゆえに人も多く、廃《すた》れた雰囲気もなかったらしい。

だが。

いまはどうか？

僕は【トトツーダンジョン】の入り口手前で足を止める。本当に文字通りの入り口の手前で。

――**鉄扉**。

ダンジョンというものには総じて鉄扉が存在する。閉じられた分厚い鉄の扉だ。閉じられていてかつ鉄扉であるという点に関して例外は存在しない。ただしダンジョンによっては色が違ったり大きさが違ったりする。とはいえ別に法則性はない。とてつもない高難易度のダンジョンが安っぽい錆《さ》び付いた扉であったりもする。また、一般人でも立ち入れるようなダンジョンの扉がおどろおどろしい扉であったりもする。

目の前にある扉は――禍々《まがまが》しかった。

もちろん僕は理解している。別に扉の雰囲気は関係ないことを。知っている。理解している。

それでも気圧されそうになる。

異様な扉の雰囲気に。

数年前に資料で見たことがある雰囲気とは違う。まったく違う。その原因はなにか？　分かりきっている。扉の隙間から漏れ出ている暗黒の瘴気《しょうき》……のような、**マナ**。

瘴気ではない。マナだ。高密度のマナだ。海と同じ原理だ。光の入る浅瀬は透明な青色なのに、光の届かない深海に向かうにつれて水は暗くなる。黒くなる。それと同じ。マナの密度が高すぎて、瘴気のように黒くなっている。そして扉の隙間から滲んでいる。漏れ出ている。

だから、異様。だから、禍々しい。

僕は振り返る。馬車から降りた【虹色の定理《ラスト・パズル》】と【竜虎の流星《ダブルスター・ダスト》】の面々全員が表情を強ばらせていた。全身を緊張させていた。フーディくんですら言葉を失っていた。

想定していたよりも恐ろしい。

想像していたよりも禍々しい。

扉を中心として、外界《がいかい》すべてが遠ざかっていく感覚すらある。先ほどまで聞こえていた風の音が聞こえない。野鳥の鳴き声が届かない。獣の足音が遠ざかる。梢《こずえ》が擦れ合う音すら失われている。……閉じ込められていく。

扉を中心とした禍々しい箱庭《セカイ》に。

誰かが、唾を、飲み込んだ。

やがて間を置いて、フーディくんが言う。

「……予定よりも時間を掛けよう。第一目標は生還に切り替える。安全を第一にして行動する。成果を得られなかったとしても、帰還すべきときには――」

と。

言葉の最中に、僕は、感じている。

震えを。

振動を。

……僕は怖がっているのか？　怯えているのか？　あり得る話だ。僕は臆病だから。ただ……僕は自分の両手を見る。指を見る。……フーディくんの言葉が続く。でもそれはほとんど耳に入ってこない。両手は震えていない。指は震えていない。震えているのは僕ではない。

僕の五感が告げている。

危険を。

異常を。

そして僕は目を集中させた。

ぐるりと辺りを見渡した。

——鉄扉が、かたかたと、小刻みに、震えている。

「どんな状況であろうと、俺の指示は絶対と思ってほしい。ただし進言は聞く。なにか疑問点があれば」

「フーディくん」

「すぐに言ってほしい……が」

「フーディくん」

「どうかしたか？　サブローさん」

「来るよ」

「え？」

「来る」

瞬間に視界がぶれた。

——大地が跳ねた！　大きく縦に揺れた。そして揺れは続く。地鳴りは響く。もう僕が警戒を告げる必要もない！　それは誰の目にも明らかな異常だ！　大きな異常だ！

「っ。【虹色の定理《ラスト・パズル》】は【竜虎の流星《ダブルスター・ダスト》】の後ろにつけ！　俺たちが守る！」

「皆さん障壁を張ってください！　魔術障壁の準備を！」

僕の背後で叫びが響く。でも僕はもう視線を逸らさない。鉄扉から――その隙間から噴き出るマナの量が増えている。僕はそれを視認する。視認しながら意識を切り替える。戦う前の意識へと。

勇者としての、僕へと。

「サブローさん！　あんたはっ」

「大丈夫」

【虹色の定理《ラスト・パズル》】と【竜虎の流星《ダブルスター・ダスト》】は6人同士で人数が同じだ。だからツーマンセルで構わない。お互いにお互いを守り合えばいい。僕は1人でいい。1人で構わない。

1人で動くことには慣れている。

振動が――震動が激しさを増した！　もはや常人であれば立っていられないほどに。それでも僕は立ったまま動かない。立ったまま扉を見つめ続ける。それは直感――目を離したらまずい状況になるという直感に従ってのもの。

僕の直感は正しい。

次の瞬間だ。

扉が内側から開け放たれた！

◆◇◆◇◆

B級勇者――フーディ・ムンドは幼い頃より優秀だった。フーディには２人の幼馴染みがいた。ロディンとティンクル。いつも３人は一組となって行動していた。そして３人とも才能というものに恵まれていた。ゆえに生まれ故郷ではいつかこの３人が故郷に根を張って人を率いるのだろうと誰もが疑わなかった。

そんな故郷の期待を裏切ってまで冒険者となったのは、夢があったからだ。

――勇者になりたい。

幼い頃にフーディは読んだ。かつての勇者が魔神を討ち倒した軌跡を描いた物語を。絵本を。それがフーディの人生を決定的なものにした。物心つく前から賢かったフーディはその時点で自分の人生の方向性を決めたのだ。

しかし反対の声は大きかった。周りの大人たちからはことあるごとに「夢など見るな」と諭《さと》された。その大人たちが顔に貼り付けているのは親切そうな表情だった。善意の表情だった。

「おまえは優秀なんだ。この町をやがては率いる存在なんだ。だから勇者になりたいなんて馬鹿を言うな。そもそも子供のおまえになにが分かる。冒険者というのは危険な職業なんだぞ。いいか。命を落として当たり前の世界なんだ。怪我をして当たり前なんだ。そんな世界で生きていけるわけがないだろう？　だから、夢など見ちゃいけないんだ。分かってくれ。俺たちは意地悪を言っているわけじゃない。おまえのことを考えて言っているんだ。現実に生きろ！」

嗚呼《ああ》。

もしもフーディが1人きりであったならば、折れていただろう。大人たちの言葉に屈していただろう。自らの才能を故郷のために消費していただろう。冒険者にはなっていなかった。勇者にはなっていなかった。故郷を出ることすらなかったかもしれない。

けれど、フーディには仲間がいた。

ロディン。そしてティンクル。……フーディは相談した。夢を見るのはそんなにも愚かなことなのだろうか？　現実に生きるのはそれほどまでに正しいことなのだろうか？　リスクを冒《おか》すのはしてはいけないことなのか？　野望を持つのはダメなのか。大志を抱くのは間違っているのか。

勇者になってはいけないのか？

ロディンとティンクルの回答は、拍子抜けするほど淡泊だった。

「好きに生きていいんだよ。やりたいことをやれよ。俺たちはずっとおまえの仲間だ。おまえがどんなことをしていようと、俺たちは仲間なんだ。それでいいじゃないか」

その幼馴染みたちの言葉がフーディの迷いを打ち消した。悩みを消し飛ばした。不安も失せた。もうフーディには迷いも悩みも不安もなかった。自分の生き方を貫くと腹を決めた。

中等学園卒業を機に故郷を出て王都に居を移す。そのまま高等学園へ入学して卒業までを過ごし、それからは冒険者として活動を始めた。【竜虎の流星《ダブルスター・ダスト》】というパーティーの名前は３人で話し合って決めたものだ。

冒険者としての日々は順調だった。なにせフーディたちには才能があったのだ。さらに努力を惜しまない精神性もあった。実力は結果として付いてくるものだった。どんどん【竜虎《ダブルスター・》の流星《ダスト》】は王国において存在感を増していく。

……だから。

だから【テリアン帝国】における合同パーティーでの出来事は、いまでも悪夢として思い出してしまうほどのトラウマだった。

ティンクルの怪我。

ティンクルは普段とは違う動きを要請され、結果的にそれが冒険者人生に致命傷を与えた。

――両足の皮膚・脂肪・筋肉が溶けた。

フーディが気がついたときにはティンクルは泣き叫んでいた。激痛に悶えてそれまで聞いたことのない絶叫を上げていた。だから最初フーディは怯えてティンクルに近づくことができなかった。声を掛けることさえできなかった。ただただ恐ろしかった。ティンクルの身になにが起きているのか。なにが起きてしまったのか……！

我に返って駆け寄ってみれば一目瞭然だ。両足の肉が溶けている。骨が見えている。魔物の吐き出す毒液による消化現象だ。すぐに治療に励んだ。指揮権を任せていた【衝撃の暴走《クレイジー・インパクト》】のプリーストも全力を尽くしてくれた。それでも怪我は治らない。ティンクルの絶叫は夜通し続く。体力が尽きて気絶するまで続く。

そして……そして。

『フーディ。この怪我に責任を感じないで。あなたは自分の道を行って』

パーティーを離れることになったティンクルの言葉はフーディにとって呪いにも近かった。けれどそれは背負わなければならない呪いだった。間もなくティンクルは療養のために故郷に帰る。……どんな気持ちで帰ったのだろう？

冒険者になることに反対していた大人たちのもとに、その大人たちの忠告をまさに体現するような形で帰ることになったティンクルは、果たしてどんな気持ちでいるのか。

考えれば考えるほどに眠れなくなる。考えれば考えるほどに焦りが募る。一体なんなんだ。一体これから俺はどうすればいいんだ。いや。やるべきことは決まっている。立ち止まっている場合ではない。暇はない。動かなければ。前に進まなければっ！

フーディは、変わった。

ティンクルのために。ティンクルの言葉のために。幼い頃に支えると宣言してくれたティンクルの想いに答えるために。なによりティンクルは間違ってなどいなかったのだと故郷の大人たちに示すために。我武者羅《がむしゃら》に我武者羅に努力を続けて、ひたすらに実績を積み続けて念願の勇者になって——それでもまだ。まだ。まだ。まだ。まだだ！

足りない。なにもかも足りない。まだ欲しい。まだ求めなければならない。こんなものではダメだ。もっと積み上げなければダメだ。ティンクルのために。過去の自分のために。幼い頃に交わした約束のためにっ。

ひたすらに現場で実力と実績を積み上げてきたフーディ・ムンドにとって、目の前に広がる現象は、未知の連続だった。

【トトツーダンジョン】。

その扉。

扉が——内側から、開け放たれる。

瞬間に覗くのは暗黒だ。奥にあるのはダンジョンの内部ではない。ひたすらの暗黒。一色の闇。遅れて――その暗黒が高密度のマナで構成されていることにフーディは気がつく。一体なにが起きているのか。フーディの脳味噌は焦げるように回転する。同時に身体は勝手に動いている。【虹色の定理《ラスト・パズル》】のメンバーを守るために。

だが。

扉の一番近く。

異変の眼前。

そこに立っている平凡な風貌の男――サブロー。

守れないっ！

フーディは判断している。守らなければならない。だが守れない。……フーディーはサブローを一目見た瞬間に気がついていた。あの冒険者協会での邂逅《かいこう》の時点で気がついていた。

この男自体に、強い力はないと。

恐らくは指示を出すタイプの勇者なのだろう。後方に控えて仲間たちを支えるタイプの勇者なのだろう。そして仲間のサポートによってS級まで上り詰めた勇者なのだろう。ゆえに力はなく、ゆえに守らなければならない。

だが、守れない。

扉が壊れてしまいそうなほどに、限界ぎりぎりまで開け放たれる。――内側からの圧力によって。扉の奥の暗黒が気球のように膨《ふく》れ上がっていた。それに気がつくと同時に薄くなっていく黒い膜に線が入り――やがては裂ける。フーディの目にはそれは、まるで卵のようにも見えた。その卵から孵化《ふか》するようにして――ああ。

未知の現象の連続。機能停止を起こしそうになる脳味噌。そんな中で飛び込んでくる、ありえない光景。

張り裂けた暗黒の膜の中から踊り出てくるのは――魔物。

魔物の、大群。

――**スタンピード！**

脳裏に古《いにしえ》の知識と言葉が浮かび上がると同時に、言葉が、聞こえた。

「さて」

サブローの、なんでもないような、呟き。

次の瞬間には魔物の悪臭に、大気が濁《にご》った。

我が物顔で出現する魔物たちの気配は朱く、暴力的だ。

――死神の軍靴《ぐんか》のように、魔の足音が、地を踏み鳴らす。

フーディは声を出すことができない。仲間たちを振り返ることもできない。本来であればリーダーとして声を出すべきだ。仲間たちを振り返って檄《げき》を飛ばすべきだ。それができない。ただ……ただ目の前にへたり込む【虹色の定理《ラスト・パズル》】のメンバーの、前に立つ。

――目の前に迫り来るのは、腐臭を放つスケルトンの大軍だ。

広がる光景は銃火にも似ている。慈悲の欠片《かけら》もない魔術の発砲に似ている。気がついたときにはスケルトンの大軍が扉から姿を現して歩を進めている。目前に迫っている。さらに。

――ダンジョンから姿を現すゴブリン、オーク、ミノタウルス、インプの、大軍。

絶望。

フーディの中で時間がゆっくりと流れていく。ダンジョンという名の檻《おり》から解放された魔物たちが歓喜の咆哮《ほうこう》を上げた。鼓膜を破らんばかりの哄笑を響かせた。

魔物たちの言葉は分からない。

ただ、なにを叫んでいるのかを、フーディは理解できた。

『**滅ぼせ！　人間を！**』

魔物の軍靴に地面が割れた。大軍は空を仰いでまた咆哮する。スケルトン。ゴブリン。オーク。ミノタウルス。インプ。デビル。ワーウルフにケンタウロス。トロルにラミア――背後で構えるのは、巨大な悪魔。

【大罪の悪魔《デーモン・ロード》】。

絶望。絶望。絶望。絶望。

怖い怖い怖い怖い怖い怖い怖い怖い怖い怖い怖い怖い！

フーディの視界が白く点滅した。あまりにも受け入れがたい現実に意識が遠のいた。なにが起きているのか。なにがどうなっているのか。一体これは現実か。これは夢じゃないのか。こんなことが起きていいのか。こんなことが起きるなんて考えてもいなかった！　予想もしていなかった！　なんなんだこれは！　自分が立っているのか座り込んでいるのかも分からない。自分の立ち位置すらも失ってしまいそうになる。気がつけば震えている。止まらない震えに全身が冒されている。

脳裏によぎるのは、死だ。

己の死だ。鮮明な死だ。

死の想像が鳴り止まない！　鐘の音のように頭で響き続ける！　これまでに経験したことのない恐怖が現実感を消失させてくる！　嗚呼っ。これは夢だ。これは悪い夢だ。俺はまだ野営地で寝ているのではないか。そもそも王都を発《た》ってすらいないのではないか？

背後で山のように聳《そび》えている【大罪の悪魔】が恐ろしく叫んだ。山羊《やぎ》の角が天を貫くように伸びていた。同時に、地鳴りが、ゆっくりと、胎動する。……死の、胎動。

大地が抉られ、魔物たちは、走り出した。

目の前の――塵芥《ちりあくた》にも等しい人間たちなど目にも入っていないかのようにっ。
――祈る。祈る。祈る。祈る。そしてフーディは祈った。女神に祈った。自分の生を祈った。命を祈った。ああどうか女神様お願いです！　助けてください！　どうか救ってください！

「よし。避けようか、とりあえず」


終焉《おわり》の絶望に硬直するフーディの耳にするりと入り込んできたのは、いかにも冷静沈着な呟きだった。それが誰の言葉なのか。どこからの呟きなのか。恐怖によって視野が狭窄《きょうさく》しているフーディは、理解するのに時間が掛かった。

けれど、気がつく。

一番魔物たちに近いところに立つ、1人の男に。

「大丈夫だよ。こいつらの目的は、僕たちじゃない」

サブローは、目の前に迫っている魔物の大群に、背を向けていた。

そして、振り返っていた――フーディたちを。

サブローの瞳は穏やかだった。言葉は温かだった。なによりも冷静沈着だった。人の感情を強制的に鎮《しず》めてしまうくらいに落ち着いていた。一体どんな胆力があればそんなことが可能なのか。どうして襲い来る魔物の大群に背中を向けることができるのか。俺たちの方を向いて冷静に言葉を掛けることができるのか。一体どんな胆力があれば。どんな精神力を持っていれば！

「でも、避けないと、踏み潰されて死んじゃうから」

なにを――なにを言っているのか。いや、言葉の意味は理解できる。しかし避けるとはなんだ。目の前に迫り来る魔物の軍勢をどう避けるのか？　いや。避けられるはずがない。大群だ。軍勢だ。どう考えても激突する。正面衝突は避けられない。踏み潰される未来しか見えない！

避けられるはずがないっ。避けられるはずがっ！

「死ぬ気で僕の動きに合わせてね」

サブローは言う。

深刻な現実を、軽い口調で撥《は》ね除《の》けるように。

「さて。避けようか」

S級勇者はそしてまた反転し、魔物たちと対峙する。その背中には震えがない。恐怖もない。絶望もない。ただ目の前に迫り来る現実を受け入れるだけの広さがある。

強さではない。反発力でもない。すべての現実を受け入れる、海の如き広さが。

「――ぉぉぉおおおおおおおおおお！」

気がつけばフーディは叫んでいる。気がつけば絶望の沼から抜け出している。そして背後を

振り返って仲間たちを見据えていた。……ああ。大丈夫だ。フーディは頷く。そして叫ぶ！

「立つぞォ！　支え合えェ！」

そこには、自分と同じように絶望から立ち上がる信頼すべきパーティーメンバーがいた。そして魔術師ながらに、地響きに対抗して立ち上がる【虹色の定理《ラスト・パズル》】のメンバーがいた。

「っ。縦一列に並ぶかもです！　サブローさんに合わせて、動きを補助します！」

後方から響く声はププムルのものだった。その言葉もまた強い響きがあった。大丈夫。大丈夫。自分に言い聞かせるようにしてフーディは前を見据えた。

サブローは、魔物の軍勢に、飲み込まれる寸前だった。

刹那《せつな》、不安に飲み込まれそうになる。

けれど。

◆◇◆◇◆

そしてフーディが目撃するのは、神業《かみわざ》とでも称すべき、S級勇者の回避術だった。

避けるのが上手《うま》いからなんだっていうんだ？　なんて。

僕はスケルトンが「なんだこいつ」みたいな感じで振った骨剣《こっけん》を首筋すれすれで躱《かわ》す。瞬間に「は？」とでも言いたげな気配をスケルトンは醸《かも》した。けれどすぐにスケルトンは僕から興味を失う。「どうせ後続に飲み込まれるだろう」と思っているのかもしれない。それは正しい。飲み込まれたからなんだ？　とも僕は思うけれど。

空は見えない。木立も見えない。自分の立ち位置すら見失ってしまいそうになる。息もできないくらいの圧迫感。魔物の軍勢。先頭のスケルトンを躱したとしても――さらなる骨剣を振り上げながら襲いかかってくるのは色違いのスケルトンたちの大軍だった。

僕はスケルトンたちの身体を見る。骨を見る。骨によって構成されたすべての関節を見る。やはり骨が剥き出しだから分かりやすいな。なんて思いながら僕は一歩前に出た。それが避けるためのすべての土台だということを知っていたから。

走りながら剣が振り下ろされる。あるいは袈裟懸《けさが》けに振るわれる。横に薙ぎ払われる。はたまた下から振り上げられる。骨の剣。そのすべての軌跡を僕は捉えている。かつ自分の身体の正確無比な大きさと位置というものを把握している。であるならば――その剣の軌跡が決して当たらない位置に自分を配置すればいい。

もちろんどうしても動線と動線のぶつかってしまう未来はある。その場合は……ずら、せば、いい。激しい雨にも似た骨剣の嵐に、僕はまた一歩進んだり引いたりする。そして振り下ろされる剣の、タイミングをずらす。さらに、あえて、当たる。真横で剣を振り上げたスケルトンにあえて身体を当てて、スペースを作る。そこが安全圏に変わる。ゆえに避けられる。

　僕は避ける。

　微笑みながら避ける。

　動線と動線の把握。「は？」という声が聞こえてきそうだ。魔物たちは喋らないけれど。でも気配でなんとなく分かる。分かってしまう。実際に――魔物の軍勢が僕たちを目的にしていないことをも分かった。

　そうしてスケルトンたちが通り過ぎても後続は続く。ゴブリンにオーク。彼らもまた恐ろしい強敵であり恐ろしい得物を持っている。だが僕のやるべきことは変わらない。ゴブリンの噛みつきは直線的だ。オークの棍棒も、腕の長さと予備動作さえ読んでしまえばなんの問題もない。

　そして余裕が生まれて、僕は振り返った。

　みんなはそこに立っている。魔物たちの大波にも、津波にも似た勢いにもまだ飲まれていない。しっかりと【虹色の定理《ラスト・パズル》】と【竜虎の流星《ダブルスター・ダスト》】は支え合って協力している。

　もちろん僕と同じ芸当がみんなにできているわけではない。けれど――大抵の魔物は先頭に立っている僕に攻撃を仕掛けながら進軍する。つまりは攻撃のあとの隙――僕に攻撃を仕掛けたあとには当然ながら隙が生まれる――その間隙《かんげき》を縫《ぬ》うようにしてみんなは避けている。

素晴らしい！

僕はまた反転する。

肉薄するのはミノタウルスにデビル。それにインプ。

面倒くさいな。とか思いながらも僕は目を集中させる。――この際もう目の力をセーブすることはない。血涙《けつるい》が出ても構わない。翌日に酷い目眩《めまい》と頭痛に苛《さいな》まれたとしても構わない。

僕は――避けていく。

ミノタウルスが振るう強靭な前腕を屈《かが》んで避ける。さらに重なって正面から突進してくる別のミノタウルスを軽やかに横を向いて躱す。さらにデビルが仕掛けてくる意地悪なフェイントを見抜く。その裏側で魔術を発動させようとしているインプに石を投げて妨害する。魔術が発動したとしても、魔法陣の位置を見切って身体をずらす。ずらしながらデビルに身体を当てる。ミノタウルスにタッチする。インプを引っぱたく。

すべてのタイミングを、操る。

『少年。いくら目が良いからといって、雨を避けることはできないんだよ』

脳裏に甦《よみがえ》るのは、13歳のときのキサラギ師匠との修行の光景だ。そこは酸素の薄い高山だった。そして僕はまだ高山に適応すらしていなかった。つまり頭がガンガンに痛かったし意識も朦朧《もうろう》としていたし嘔吐《おうと》も酷かった。ただ歩くだけで息が上がる状態だった。でもキサラギ師匠に容赦の2文字はない。

紫煙が揺蕩《たゆた》う。

キサラギ師匠はいつも煙草くさい白衣を羽織っている。

目元の隈《くま》は酷い。肌は病的に白い。身体も痩せこけている。くすんだ髪の毛は整っていない。どこからどう見ても入院患者にしか見えない。でも——20代前半のときにキサラギ師匠はDOUBLE・S級に上り詰めた伝説の冒険者だった。

そして僕は高山においてキサラギ師匠に打ちのめされていた。何度も何度も何度も何度も打ちのめされていた。それこそまだ13歳だった僕は泣いていた。号泣していた。そのたびにキサラギ師匠は意地悪に言ってきた。

『やはりきみに才能はない。冒険者になるのは諦めるべきだ。勇者なんて目指すべきじゃない。諦めなさい』

と。

諦められるわけがない。なにせ僕は勘違いしていた。それに当時はスピカたちと約束していたのだ。必ず勇者になると。必ず僕は勇者になるから、みんな僕に付いてきてほしいと。約束していた。だから諦められるはずがなかった。僕だってちゃんと1人の男の子だったから。

『いいかい少年。目が良いというのは、あくまでも素材に過ぎないんだよ』

キサラギ師匠は厳しい。彼女はいつも修行のあとに弟子たちに諦めるよう促す。もう辞めた方がいいと優しく諭す。もっと幸せに生きるべきだと普遍的な言葉をもたらす。あるいは他の師匠を紹介さえしてくれる。そして大体の弟子はそれで諦める。優しさに甘える。普遍的な言葉に影響される。あるいは別の、もっと穏やかな師匠のもとに旅立つ。

でも諦めなければ、キサラギ師匠は必ず身になるアドバイスをくれる。

『きみは目が良いという素材を用いて料理を作らなければならない。……いつまで寝ているのかな。起きなさい。構えて。そう……、それでいい。良い子だね』

キサラギ師匠は眠たげな目元だけで笑顔を作る。そして僕に懇切丁寧《こんせつていねい》に教えてくれる。なにもかもを。僕がどういう立ち回りをすべきなのかを。どうすれば僕の目が活かせるのかを。

『雨を避けられないなら、傘《かさ》を立てればいい』

傘とはなにか。

――僕はワーウルフとケンタウロスを目前にする。ワーウルフは大地を這うように疾走《しっそう》し、死角から飛びついては牙で肉を噛み千切り、骨を砕いてくる魔獣だ。ケンタウロスは蹄を大地に刻みながら、鈍色《にびいろ》の大斧を人間の血色に染める恐ろしい魔物だ。でもすべては雨と同じなのだ。どうしても避けられないのであれば傘を立てればいいのだ。

膝を屈めて飛びかかろうとしてくるワーウルフに目線を配る。動線を読む。読みながら、疾走してくるケンタウロスの速さから、自分に斧が振り下ろされるまでの時間を予測する。すべてを読む。良いタイミングで身体をワーウルフに寄せて誘導――わざと、飛びかからせる。

瞬間、ケンタウロスの斧はワーウルフの頭部を破砕《はさい》した。

血飛沫が舞う。それはチャンスに他ならない。魔物たちが唖然《あぜん》としつつも走り去っていく中で僕は素早くワーウルフの死体の下に入る。そして持ち上げる。盾のように扱って後続の攻撃を避けていく。ラミアの毒液を避ける。トロルの山のような巨体を避ける。すべてを避ける。

避けた先に待ち受けているのは、たった一体の魔物。

凶悪な魔物。

決して僕1人では敵《かな》わない魔物。

それでも僕は、師匠に教わった通りに微笑んでいる。

『笑いなさい、少年。笑顔というのは、いついかなるときでも、少年の味方をするから』

僕は笑う。

【大罪の悪魔《デーモン・ロード》】を前にして。

◆◇◆◇◆

【大罪の悪魔】にとって目の前に立つ人間たちは、まったくもって眼中にない存在だった。もちろんダンジョンの前に人間たちがいるのは感知していた。その人間たちが忌々《いまいま》しい【ライネルラ王国】内において相応の立場を持っているものであることも知っていた。

むしろ知っていたからこそ、良いタイミングだとほくそ笑んだのだ。ダンジョンから飛び出して蹂躙してやるつもりになったのだ。

だが。

【大罪の悪魔】はすべてを見ていた。軍勢の最後方からすべてを見通していた。本来であれば人間たちはいまごろ踏み潰されているはずだった。骨すら砕かれて原型を留めていないはずだった。無残に命を終わらせているはずだった。灰のごとく散っているはずだった。

死んでいるはずだった。

……【大罪の悪魔】は目の前に立つ男を見下ろす。自分の背丈の半分ほどしかない小さき人間を見る。自分の足首ほどすらない筋肉量のひ弱な人間を見る。その男を――勇者を、見る。

まるで冴えない。

というのが【大罪の悪魔】の最初の感想だった。それはダンジョンから顕現して最初に抱いた感想でもあった。――この程度の男が勇者なのか？　この程度の男が、いまは勇者として名を馳せられる時代なのか？　という失笑すらもあった。それほどまでに男からは力を感じないのだ。マナの奔流《ほんりゅう》にすら乏しいのだ。体つきも洗練されていない。まったくもって凡才。

しかし、現実はどうか。

【大罪の悪魔】は自然と唾を飲み込んでいる。【大罪の悪魔】は見た。魔物の軍勢に対する男の対応を。その神がかり的な回避術を。あまつさえ同士討ちを誘導してワーウルフを殺した。その手際はまさしく勇者に相応《ふさわ》しいものでもあった。

ゆえに【大罪の悪魔】は言っていた。自然と。魔物の軍勢を、王都へ進軍させながら。

「見事だった」

「魔族に褒められても嬉しくはないよ」

「貴様《きさま》は勇者であろう」

「一応は」

「いまは等級のようなものがあると聞いたが」

「誰に聞いたのさ」

「言えぬわ」

「そうかい。じゃあ話は終わりだね」

それは対等な者同士の会話だった。本来であればあり得ない光景でもあった。もしもこれが目の前の男以外の凡百の人間であったとしたならば、恐らくは呼吸の間に殺している。

だが【大罪の悪魔】は認めていた。目の前の男を。まったくもって無力であるはずの男を。

「貴様は」

「なに？」

「なぜ我らの目的を読めた？」

「読めてなんかいないさ」

「ほざくな。我に見抜けぬと思うか」

「……まあ、僕は目が良いから」

「目か」

「目だよ。たぶん、君よりも遙かに目が良い」

「笑える話だな」

「僕は別に笑えない」

「訊いておこう、貴様の名を」

「訊かなくて結構」

「答えろ。名はなんだ」

「サブロー」

「覚えておこう」

「覚えなくて結構」

すれ違う。

攻撃はしなかった。する気すら起きなかった。なぜならば、当たる気がまるでしないからだ。

ところでサブローという勇者の背後には優秀な人間たちがいる。当初はこの人間たちが本命だと思っていた。真に踏み潰すべき強敵かと思っていた。だが。余裕の微笑みを浮かべるサブローに対してその人間たちは怯えていた。【大罪の悪魔】を前にして正常な反応を浮かべていた。

つまりは【大罪の悪魔】にとって眼中にもない。

ゆえに通り過ぎる。魔物の軍勢を率いて【ヨイマイ森林】を抜けていく。目指す場所は決まっていた。人間たちの住処《すみか》――【ライネルラ王国】である。その王都である。

【大罪の悪魔】は振り返らない。サブローはこちらの目的を把握している。把握した上で、対峙せずに回避に専念した。その理由はなにか？　恐らくは自信があるのだろう。王都が滅びない自信が。……面白い。

【大罪の悪魔】は自然と口角を上げていた。そうして嗤《わら》いながら大地を踏み潰した。

◆◇◆◇◆

さて。

なにもかもが滅茶苦茶のグチャグチャになって計画なんていうものは塵も同然になる。という状況はたぶんハチャメチャに苦しくて辛くて焦るべき場面なのかもしれない。けれど僕は落ち着いている。なぜならそんな場面はこれまでに何度も経験済みだからだ。【原初の家族《ファースト・ファミリア》】においては最初に立てた計画が無に帰《き》すなんて当たり前のことなのだ。

だから僕は当たり前のように頭を回して、状況を整理する。

とはいえ整理する必要はないくらいに事態は単純明快だ。

ダンジョン内部に生息する魔物たちの暴走——スタンピードが発生した。

ただ今回のスタンピードには作為的なものがあることを僕は見抜いていた。なにせ魔物たちには目的があったのだ。すくなくともただの現象的異変によってスタンピードが発生したわけではない。ちなみに目的があると判断した根拠は気配の他にも1つある。

僕たちがいまも息をしているという、根拠。

目的がなかったのであれば間違いなく僕たちは殺されていた。「よく分からねえけど、人間がいるから殺してしまおう」というような感じで簡単に屠《ほふ》られていた。それは魔物の性質を考えれば分かる。魔族の性質を考えればよく分かる。別に目的があるからこそ僕たちは見逃されたのだ。

そして僕は魔物たちが突き進んでいった方角へと目を向けた。……【ヨイマイ森林】はまるでドリルでトンネルを掘ったかのように一直線に道が出来上がっている。木立が薙ぎ倒されて草花も踏みつけられている。地面は魔物たちの足跡の形に陥没している。

方角からして、王都か。

僕はサバイバルポーチから手乗りサイズのメッセージ・バードを取り出す。すぐに言葉を込めてメッセージ・バードを送り出した。なるべく早く到着してくれと呟いて。

僕はそうして、ようやくみんなに目を向ける。【虹色の定理《ラスト・パズル》】と【竜虎の流星《ダブルスター・ダスト》】のみんなに。

……その表情は酷いものだった。まだこれからだというのに顔つきが既に1週間冒険で徹夜をしたあとの顔つきになっている。10歳くらい歳を取ったのではないか？

誰も立ち上がっていない。

みんなへたり込んでいる。

しかしその表情には絶望の他に安堵《あんど》がある。助かったという安堵が。……ああいう状況はとてつもないストレスが掛かるものだ。なにせ死を覚悟しなければならない状況でもあるから。

それでも僕は言わなければならない。

「休んでる暇なんてないよ！　これから僕たちは、ダンジョンXの異変を調査しないといけないんだから。……でしょ？　フーディくん」

直後のフーディくんの表情は驚愕《きょうがく》に満ちたものだった。……「おいおいあんた、なに言ってんだ？」という彼の心の声が聞こえてきそうなほどである。しかもそれはフーディくんだけではない。【虹色の定理《ラスト・パズル》】のメンバーも【竜虎の流星《ダブルスター・ダスト》】のメンバーも、みんな。

やがてその疑問を口に出したのはフーディくんではない。ププムルちゃんだ。

「あの、その、サブローさん。……いま私たちがすべきことっていうのは、その、魔物たちを追いかけることじゃないかもですか？」

「……？　追いかけてどうするの。今回は避けるだけだったからなにもなかったけど、進路を妨害するってなったら殺されるよ。僕たちが見逃されたのは、魔物たちに目的があったからだ。……方角的には王都を狙っているかな。王都を襲撃するっていう目的があるんだろう」

「っ。それが分かってるなら、すくなくとも王都に戻るべきじゃないのか。ダンジョンXの調査を続行するんじゃなくて……っ」

横から放たれたフーディくんの声は震えていた。フーディくんはゆっくりと起き上がるところだった。……その、震える膝に僕は目を向けない。ここで震えながら立ち上がるのは臆病者の証ではない。逆だ。勇気ある者の行動だと僕は知っている。

「あいつらの目的は王都なんだろ？　いや、王都なんだろうな。その点に関しては同意できる。

方角的にも同じだ」

「うん。間違いなく王都だろうね」

「なら俺たちは防衛に急ぐべきだ。違うか？　【虹色の定理《ラスト・パズル》】もいる。全員で協力すれば、魔物たちよりも早く王都に到着できるはずだ。転移や飛行の魔術によって」

「王都に関しては、僕たちがいなくても防衛は可能だよ」

「……理解できない。そもそもどうしてここでダンジョンXの調査なんだ？　もう用はないだろう。既に異変は決定的な形で現れた。調査とかの段階じゃない。違うか？」

真剣な表情で語るフーディくんの言葉というのは、まったくもって正しい。

僕もなにも知らなければフーディくんの言葉に同意していただろう。頷いていただろう。そして流れに身を任せることもできただろう。まったく。

でも僕は首を横に振る。

僕の頭の中にある引っかかり……魔人という存在。いや。まだ確実ではない。まだ確定しているわけではない。それでも僕は考える。……王都に向かうという目的は、誰が生み出したものなのか？

【大罪の悪魔】だろうか？　ああ。その可能性が最も高い。でも同時に僕はその可能性を否定してもいる。なぜなら【大罪の悪魔】の気配と仕草が告げていたから。……まだ【トトツーダンジョン】の中ではなにかが起きているのだと。あくまでも本命はそちらなのだと。

だが、それを言葉にして伝えるのは難しい。

これが【原初の家族《ファースト・ファミリア》】であればことは簡単だ。ありがたいことに【原初の家族《ファースト・ファミリア》】のみんなは僕を信頼してくれている。「行こう」とさえ言えばみんな付いてきてくれる。

とはいえ、これこそが合同パーティーの難しさか。

なんて、僕がすこし困っているときだった。


青空を、白が駆ける。


魔物たちによって切り開かれた森林は青空を透かしている。その空の遥か上を移動している白い点があった。目を凝らせばすぐにそれがなんなのかが分かった。

メッセージ・バード。

僕が認識すると同時にメッセージ・バードは急降下を始める。そして3秒後にはメッセージ・バードは僕の頭上でくるくると回る。そして言った。

マミヤさんの声で。

『魔人と呼ばれる存在については分かりませんが、儀式についての文献は見つかりました。ダンジョンXの内部で、なんらかの儀式が行われている可能性はあります』

昨夜に僕が投げた質問に対する、マミヤさんの回答。

それは僕の違和感に百点満点の根拠を与えるメッセージだ。

フーディくんを見る。

……フーディくんの表情は苦渋に満ちている。迷いに満ちている。その表情を見て僕は察する。……帰りたいという気持ちもあるのだろう。あんな経験をしたならば、王都に帰りたいと思うのは当然だ。人の多いところに身を寄せたいと思うのも当然だ。すくなくともどんな状況になっているかも分からないダンジョンXに突入したいなんて思わない。

でも突入しなければならない。

調査を進めなければならない。

なぜなら。

「——僕たちは勇者だよ。フーディくん」

やがてフーディくんは声を張り詰めて、言った。

「調査を、続行する」

午前9時過ぎのことだった。

3章　仲間

午前9時。

マミヤ・リンクベルのところに【王国魔術団】から一報が入ったのは午前9時を回ったときのことだった。そのときマミヤは家のベッドで仮眠を取っていた。なにせ一昨日の夜から徹夜で働いて働いて働いて働いていたのだ。『魔神を甦らせる存在と、その儀式について』なんていう文献を悪魔教本部から発見して大忙しだったのだ。

そして内容を確認して【トトツーダンジョン】へとメッセージ・バードを飛ばしたのが明け方過ぎのことである。

もちろんそれは賭けだった。そもそも既にサブローたちは【トトツーダンジョン】に潜入しているかもしれない。そうなればメッセージ・バードではたどり着けない。

とはいえマミヤには読みもあった。フーディがリーダーを務めることになった合同パーティー。昨夜の正午に出発。フーディならばどのように行軍するのか。

自分にできることはやった。今日は休みにして、明日からまた出勤しよう。などと考えながら眠った3時間後に、窓を叩く音でマミヤは起こされた。……一度だけ奥歯を噛みしめて苛立ちを解消してからマミヤは立ち上がる。そしてメッセージ・バードを迎えた。

送り主は【王国魔術団】の筆頭魔術師だ。確か【虹色の定理《ラスト・パズル》】のプフムルの姉だったはずだ。

『すまないマミヤさん。これは個人的な報告だ。魔術団を通しての連絡ではない。……調査中と噂の【トトツーダンジョン】で、魔物の軍勢が発生した。というのを個人的にキャッチしたんだ。まだ精査していないんだが……。その軍勢が、一直線に王都に向かっているかもしれない。ゆえに個人的な報告の判断に至った』

そこでメッセージは途切れる。

……すぐにマミヤは考える。その報告の妥当性を思索《しさく》する。【トトツーダンジョン】で魔物の軍勢が発生した？　というのはどういった現象か？　想像する。寝起きの脳味噌が惑星の自転のように回転を始める。そして思い至る。――スタンピードか。

とはいえ『その軍勢が王都に向かっている』という点が引っかかる。

……もしもそれが真実なのだとしたら？　いや。馬鹿馬鹿しいにも程《ほど》がある。マミヤは右耳を触りながら思う。耳たぶには小さな傷がある。お気に入りでもあるピアスを垂らすための傷。穴。ああ。まったくもって馬鹿馬鹿しい。そんなことはあり得ない。あり得ていいはずがない。

それでも。

マミヤはメッセージ・バードの羽を休ませながら、身支度を済ませるために動く。もはや頭は完全に覚醒《かくせい》している。自分がなにをするべきなのかも分かっている。ただ理想と現実には常に乖離《かいり》があるものだ。ゆえに最善の動きの他にも次善の策やそのさらに次の策も思考する。

ピアスが朝陽に煌めいた。

冒険者協会に到着すると、今年の春に働き始めた新米である犬耳族のペンシル・ラックが死にかけながら事務作業をしていた。可愛らしい犬耳もへたっている。その尻尾もしおれている。心なしか毛並みから艶が消えている気がする。

可哀想に。とは思わない。むしろこれが冒険者協会で働くということだ。という思いがマミヤの中にはある。いつもいつもいつもいつでも冒険者たちに引っ張り回されるのが仕事なのだ。いきなり『魔人っていう存在がいるかどうかを確認してくれない？』とメッセージ・バードが飛んできて、その内容を確かめるために動くのが仕事なのだ。

「おはようございます。ペンシルさん。どんなに忙しくても体調には気を遣ってくださいね」

「ふぇっ、あ、おはようございますマミヤさん！　さすがに、その、睡眠不足は身体にきちゃいますねぇ。えへへ」

「あなたの若さには期待しているんですよ」

「……それって、もっとこき使ってやるってことですか？」

犬耳族らしい可愛らしい上目遣いを向けられてマミヤは微笑む。既にペンシルは協会を訪れる冒険者たちに何度もアプローチを受けているらしい。その理由も分かるというものだ。

「ところでペンシルさん。副会長はいますか？」

「えっ。あ、はい。いま2階の応接間にいるはずですよ？」

「そうですか」

いるのか……。いや。いることを期待して訊いてはいるのだ。しかし実際にいるとなると気が重くなる。面倒くさい。顔を合わせたくない。なぜいるのか。いつもいないくせに。……こういう場面では必ずいるからこそ副会長なのか？　はあ。

「あの、なにかご用なんですか？　副会長に」

「ええ、まあ。……ちなみにペンシルさんは、どの程度戦えますか？」

「……はい？」

「どの程度戦えますか？」

「た、戦いですか？　ええと。一応その、す、スピードには自信があります！」

「なるほど」

マミヤはそのままペンシルを置いて冒険者協会の奥へと進む。階段を上って応接間へ。その部屋は数日前にサブローを迎えていた部屋でもあった。

そして冒険者協会の副会長――シネン・トグルはサブローが腰掛けていたソファにふんぞり

返って座り、天井を仰いでいた。……その昏《くら》い瞳がなにを捉えているのかは分からない。

「失礼します。マミヤです」

声を掛けると、シネンは首を持ち上げて顔をマミヤに向けた。……相変わらず鼻につく顔つきをしている。俗にイケメンと呼ばれる容姿か。これでもっと口が固くて性格が良ければさぞかしモテていたのだろう。

だが、天は二物を与えず。

「やあ。マミヤか。はは。俺様に逢いに来たのかい。そいつは殊勝な心がけだぜ。ちょうど俺も逢いたかったところなんだ。2人きりで秘密の会合としゃれ込もうか」

「はっ倒しますよ」

「相変わらずだなあマミヤは。久しぶりに顔を見たっていうのに。堅物なのは変わらないか」

「久しぶりなのは、あなたが全然足を運ばないからでしょう。仕事を放棄しているからです」

「なんだ。そんなに寂しかったのか？　悪いな。俺様には子猫ちゃんが多くてなあ。ここに足を運ぶ前に子猫の鳴き声に誘《いざな》われてしまうのさ」

「ウザい戯《ざ》れ言はそれくらいにしてもらえませんか。仕事の話をしたいので」

「……仕事ぉ？　はは。嫌だぜ。俺様は仕事っていう言葉が大嫌いなんだ。だから二度と俺様の前で仕事という言葉を使わないでくれ。これは忠告だぜ、マミヤ」

あからさまに顔を歪めるシネンの顔面をマミヤは本気でぶん殴《なぐ》りたくなる。身体強化の魔術で吹き飛ばしたくなる。そして実際に頭の中で空想する。何度も何度も何度もシネンをぶん殴って殺す。そうしてフラストレーションを解消してからマミヤは言った。

「非常警戒宣言を発令してください。副会長権限で」

そしてマミヤが冷静に告げたときのシネンの顔つきは面白おかしいものだった。すくなくとも長い付き合いであるマミヤにとってその表情は初めて見るものであった。

けれど自分の発言そのものが面白いものではないことをマミヤは自覚していた。

しばらくシネンは口を間抜けに開いたまま硬直していた。それこそ銅像かなにかのように。けれどマミヤはそれがポーズに過ぎないことを見抜いてもいた。恐らくシネンは冗談という線を疑っているのだろう。マミヤが冗談を言っているという線を探っているのだろう。

だからこそマミヤは毅然《きぜん》とした態度のままでいる。あくまでも大真面目《おおまじめ》な表情を崩さない。

「……おいおい。驚きすぎて、心臓が５秒くらい停止していたぜ。生き残って良かった。これも俺様の普段の行いが良いからだろうな。で？　なんの冗談だ。マミヤ」

「これが冗談だと思えますか？」

「いいや思えない。だからこそ訊いてるんだ。一体どんな冗談から、そんな要望が飛び出してくる？　その根っこの部分を教えろ」

雰囲気が、切り替わる。

マミヤは感じている。シネンの気配の変わりようを。……いつもふざけていて、真面目なところなんて1年を通して一度か二度しか見たことがない。けれどそれでも【ライネルラ王国】という大国の冒険者協会で副会長まで上り詰めた男なのだ。

その肩書きは、重い。

「つい数十分前に【王国魔術団】の筆頭団員から連絡が入りました。現在調査隊が派遣されている【トトツーダンジョン】において、スタンピードを感じ取ったと。ですので……」

「疑問点は2つある。1つは、俺様のところに連絡が来ていないということだ。恐らく個人的な連絡なんだろう。まだ【王国魔術団】は正式にその報告を出していないな」

「……ええ。おっしゃる通りです」

「2つ目の疑問点は、スタンピード如きで非常警戒宣言を発令する妥当性があるのか？　という点だ。……まあ、座れマミヤ」

「いえ、結構です」

「座れ」

それは有無を言わさぬ口調だ。……食えない男だ。マミヤは口の中で舌打ちを殺してからシネンの対面のソファに腰を落ち着かせる。

「で？　マミヤ。俺様はおまえを買ってるぜ。おまえがたとえ俺様に靡《なび》かなかったとしても関係はない。俺様はおまえを買っている。おまえは優秀だ。だから本来であれば考慮にも値しないことを、すこしは考えてやろうかなという気になっている。だが、まだ頷けない。……ははは。切羽《せっぱ》詰まっているんだろうマミヤ。おまえからそんな気配がありありと伝わってくるぜ。焦っているな。いや面白い。おまえの焦っているところなんて何年も見ていなかったからな。それこそ最後におまえが焦ったのは、【原初の家族《ファースト・ファミリア》】が全滅したかもしれない！　なんて誤報が入ったとき以来じゃないか？　ははは！」

嫌な男だ。嫌な男だ。嫌な男だ。本当に嫌な男だ。相手の感情を逆撫でする術《すべ》に長けている。なにより、馬鹿で愚かな男のふりをするのが上手い。

「そこまで私が焦っていると見抜けるのならば、私を信じてくれてもいいんじゃないですか」

「おやぁ。あのマミヤが随分と弱気なことを漏らすじゃないか。まあ確かにな。ああ確かにそうだとも。何度でも言ってやるが、俺様はおまえを買っているんだマミヤ。おまえが優秀な女であることを知っている。仕事ができる。こいつは素晴らしい長所だ！　だがおまえが誰よりも勝っている点、誰よりも優れている点。おまえは自覚しているか？　聞きたいか？　俺様の口からお褒めの言葉を耳に入れたいか？」

「結構です」

「おまえは誰よりも人間を信じている。だからおまえは優秀だ」

「……」

「しかし、俺様はおまえほど甘くない。いや違うな。俺様はこの冒険者協会において、一番、人間を信じていないという自負がある。この意味が分かるか？　マミヤ。たとえ信頼を置いているおまえの進言だったとしても、根拠が揃っていなければ俺様は頷かない。しかも非常警戒宣言？　あり得ないぜ。個人的付き合いの魔術師？　ふざけるな。スタンピード如きで発令？　これもまたふざけるな、という話だ」

「でも、あなたは面白いことには目がない」

マミヤは話を遮るようにして言う。マミヤの脳味噌は先ほどから高速回転を続けている。まるで巨大なマナ・ポンプのモーター部のように、音を立てて回転している。

マミヤは知っていた。目の前のシネンという男の性質や性格をよく知っていた。長い付き合いであるがゆえによく知っていた。知りたくなくとも知っていた。

「【ハートリック大聖堂】に、連絡を」

「……は？」

「は？　ではありません。【ハートリック大聖堂】に連絡を。これは簡単でしょう。なんのリスクもない。さらに相手が【ハートリック大聖堂】であれば、ライト・バードを飛ばすこともできる。ライト・バードであれば5分で返事が来ます」

「おい。一体どういう風の吹き回しだ？　なんの話をしている？　マミヤ」

「頷いてください。これはなんのリスクもない話です。ただ【ハートリック大聖堂】に挨拶《あいさつ》をすればよろしい。お久しぶりですと、お変わりありませんかと、ライト・バードを送る。それくらいはしていただきたい。なにせ……あなたが冒険者協会に来ない間、誰が仕事を回していたと思っているんですか」

「……まあいい。ああ、頷こう。で？　【ハートリック大聖堂】に挨拶をして、それでどうなる？　おまえの目的は違うところにあるんじゃないのか？」

「いいえ、同じことです。──**恐らく魔神が復活している**。そしてあなたは──**副会長は誰よりも早くその情報をキャッチするのです**。ゆえに発令することになる。非常警戒宣言を」

まさか魔神が復活したと【ハートリック大聖堂】から情報をキャッチして、非常警戒宣言を発令しない……なんてことはないでしょう？

言外に告げるマミヤに対し、シネンの表情は本当の意味で凍りついていた。

「……なにを言ってるんだ、マミヤ。おまえ、気は確かか？」

「これはギャンブルですよ。副会長」

マミヤは真剣な表情で言う。気は確かだ。狂ってもいない。……これはギャンブルだ。【トトツーダンジョン】の異変。１２０年前との関連性。さらにププムルの姉である【王国魔術団】の優秀な団員からの報告。スタンピードの兆候。魔物の軍勢がこちらに向かっているかもしれない？　……ベットするには十分だ。

既に、魔神は、復活している。

そしてもしも復活しているのだとしたら、【ハートリック大聖堂】がいち早くその情報をキャッチしているはずだ。……もしも復活していなかったとしても、自分の評価が落ちるだけで済む。

マミヤは微笑む。

そしてシネンはどこか、飛び立つ前の雛《ひな》を眺めるような表情をしたあと、席を立った。

「いいだろう。乗ってやる。そのギャンブルにな」

そして王国の冒険者協会は、どこよりも早く非常警戒宣言を発令することになる。

◆◇◆◇◆

――癖のある長い金髪に、インナーカラーのピンクがほどよく混じる。

【原初の家族《ファースト・ファミリア》】の魔術師であるラズリー・ラピスは王国の端にいた。いや。そこは正確には王国の領地内ではない。意図的にどこの領地にも所属していない場所だった。

草原の茂ったところ。辺りには控えめに木々が立っている。風もほどよく通って気持ちがいい。ラズリーは自然と目を細めている。その鮮やかな金髪を柔らかな風になびかせる。

そして一軒家が、ぽつんと、建っている。

ふと気配を感じて、ラズリーは目を開けた。

すこし古びている家の扉が軋《きし》みながら開き、姿を現したのは、病人にも似た風貌の女性だ。くすんだ黒髪を雑に流している。目元の隈は医者でなくとも心配してしまうほどに濃い。いつも漂っている気怠《けだる》い雰囲気も変わらない。どこかくたびれた白衣を羽織っているのも。そしてほのかに香ってくる紫煙のにおいも。

かつての伝説――キサラギ・ユウキ。

ラズリーの明るいブルーの瞳と、キサラギの濁った黒の瞳が見つめ合う。

「やあ、ラズリーくん。久しいじゃないか。珍しいこともあるものだね」

「……こんにちは、キサラギさん。どれくらいぶりかしら？」

「さてね。それにしても、随分と腕を上げたようだ」

「まあね。ちなみにキサラギさん、弟子はもう取っていないの？」

「どうしてだい？」

「気配を感じないから」

ラズリーは体内のマナを大気に薄く溶け込ませるように広げて辺りの気配を察知している。野生動物はいるが魔物はいない。そして人の気配もない。

キサラギは表情を変えることなく頷いた。……ところで、どこまでキサラギはラズリーの実力を見抜いているのだろう？　ラズリーは逆にキサラギを観察する。キサラギの肉体にある、まったく錆びついていない実力というものを感知する。

――化け物じみているのは変わらない。

去来する畏《おそ》れ。しかし同時にラズリーの脳内には甘美な妄想も同居していた。……いつかサブローが越えるという妄想。いつかサブローはキサラギを越える。実の師匠を越えるのだ。

あたしはその隣にいればいい。他の誰よりも近い場所でサブローを支えていればいい。そしてサブローはやがてDOUBLEではなくTRIPLE・Sの勇者となるだろう。キサラギを越えるのだ。そのさらに先にも進むだろう。サブローにはそれだけの才覚がある。それをなしえることが可能なだけの人格も備わっている。QUADRA・S級にもサブローなら及ぶはずだ。そして最終的には、サブローは世界最高峰――未だ誰も到達したことのないPENTA・S級の勇者となる。

あたしはその隣にいればいい。その隣に控えていればいい。世界最強の勇者を支える魔術師

――いや。あたしはたとえサブローが最強に上り詰めることができなかったとしても隣にい続けられればいいのだ。生涯を通してサブローを支え続けられるのならばそれが幸せなのだ。

お互いに歳を取ってお爺ちゃんとお婆ちゃんになって、身体能力も衰えて、ろくに冒険もできなくなって、マナに対する感度も下がって魔術も発動させられなくなって、それでも２人で仲良く河原を散歩したり、公園のベンチでささやかに笑い合えるなら――それが、幸せだ。

そして甘美な妄想に酔って口元をだらけさせるラズリーを起こすのは、キサラギの冷たい視線だ。ラズリーは慌てて表情を引き締める。それから頭の中で言葉を探してキサラギに投げる。

「それで、ええと？　なんでいないのかしら。お弟子さん」

「……苦しい質問だね。なにを妄想していたのかな？　ラズリーくん」

「妄想？　妄想なんてしてないわよ。ただ、将来について考えてただけ」

「将来かい。将来なんていうのは、例外なくすべて妄想だと思うけれど」

「そうかしら？　あたしはそうは思わないわよ」

「ふむ。羨《うらや》ましいくらいの若さだ。それは」

「……別にキサラギさんも、そこまで歳は取ってないでしょ」

全体を通したぱっと見の印象としては枯れている印象がある。しかしそんなはずはない。まだまだ内側にあるのは瑞々《みずみず》しさのはずだ。まだキサラギは30代の前半である。であるならば、身体も魔術も衰えているわけがない。むしろこれから成熟していくという段階でもある。

「また冒険者に戻ればいいのに。ってあたしは思うけどね。実力はあるでしょ？」

「ふふ。きみは正直でいいね。こちらに気を遣うっていうこともない。接しやすくて助かるよ」

「当たり前よ。気なんて遣うわけないでしょ。過去になにがあったのかは知らないけど」

「まあ、それについて話すことはないさ」

キサラギは寂しげに微笑んだ。

なにがあったのか。キサラギはかつて伝説の勇者だった。20代前半の若さでDOUBLE・S級にまで上り詰めた凄腕の勇者だった。当時のパーティーの名前もラズリーは記憶している。

【深海の星《ディープ・オリオン》】。

しかしいまからおよそ10年前に【深海の星《ディープ・オリオン》】は突然に解散した。キサラギも勇者を退職した。以降は世間に姿を現すこともなく隠居を続けている。10年前になにが起きたのか？　どうしてキサラギは勇者を退職したのか？　メディアによる詮索は数年は続いていたはずだ。

けれど次第に新たな世代の誕生によって、キサラギについて言及する媒体も少なくなった。

「弟子に関しては、取っていない、というより、志願者が減ってきたというのが真実だね」

「ふぅん。でも弟子が現れたら断ることはないんでしょ？　キサラギさん」

「ああ。可能性の芽は潰さないさ。もちろん諦めたとして、それを止めるつもりもないけれど」

「来る者は拒まず、去る者は追わずってことね？」

「そういうことだね」

「じゃあ、弟子入りの推薦をしてもいいかしら？」

「……きみの師匠になるのは、荷が重そうだけれど？」

「まさか！　あたしが誰かの下につくことなんてあるわけないでしょ。違うわよ。あたしじゃなくて、実は見つけたのよねぇ。才能の芽。その子を育てたら、いい感じに咲いてくれそうなの」

「まあ、きみの推薦であろうとなかろうと、本人に弟子入りの意思があるなら私は拒まないさ」

「そう！　よかった。じゃあ今度連れてくるわね？」

ラズリーが脳裏に思い浮かべるのはとある女学生である。つい最近国から頼まれた面倒な仕事をこなしがてら、出会った。そして一目見た瞬間に育て甲斐のある才能だと気がつき――。

衝撃の出会いを思い出そうとしているラズリーの耳に、キサラギの言葉が鋭く届く。

「ちなみに、きみはそろそろ王都に戻った方がいいだろうね」

「？　どうして？　まあ言われるまでもなく戻るつもりだけどね。サブローとも遊びたいし」

「そうかい。……まあ少年なら大丈夫だろう。ただ、早めに戻った方がいいことは事実さ」

「……なに、その言い方。なにか起きてるわけ？」

「さてね。戻れば分かるだろう」

「うわぁ、嫌な言い方ね。そういうところもサブローに伝染しちゃったのかしら？　たまにサブロー、意地悪な物言いすることあるし……。まあいいわ。じゃ、またねキサラギさん」

「ああ、また今度」

別れはあっさりとしている。どうせ会おうと思えばいつでも会えるからだ。

小さく手を振るキサラギにラズリーも返す。そうしながら同時進行的に体内のマナを管理して魔術を発動させている。――超高難易度の魔術に指定されている空間魔術。

すこしでも魔術の管理を誤ればマナが空っぽの状態で上空に放り出される可能性もある。あるいは土に生き埋めになる可能性もある。壁にめり込む可能性もある。誰かと接触事故を起こしてしまう可能性もある。空間魔術にはリスクがある。

けれど――天才にとって、リスクなどあってないようなものなのだ。

次の瞬間にはラズリーの座標は自分の泊まっているホテルのスイート・ルームにあった。すぐ近くには机と椅子がある。そしてホテルマンが餌を与えたであろう、メッセージ・バード。

そのメッセージ・バードを見た瞬間にラズリーはすべてを悟っていた。悟りたくなくとも悟っていた。それでも僅かな可能性を信じてメッセージ・バードから言葉を聞いていく……。

はあ。

はーあ。

あーあ。

なーんでサブローっていつも間が悪いのかしら？　なんでいつもいつもあたしたちがいない間に困難に巻き込まれちゃうのかしら？　……うーん。でもこれってサブローが悪いっていうより世界の方が悪いわよね。サブローが悪いってわけじゃないわよね。

ベッドに腰掛けながらサブローを思う。……ベッドにはまだサブローのぬくもりが残っているような気がする。掃除されているからそんなことはないのだけれど。でもそんな淡い期待みたいなのを抱いてしまうのは恋心によるものだろうか？　なんて。自分で考えておいてラズリーは失笑する。これはそんな淡くて綺麗でシャボン玉みたいな感情とは違うだろう。

サブローが残したメッセージ・バードの内容は以下の通りだ。

『東部にある【ヨイマイ森林】の【トトツーダンジョン】に向かうことになった。――僕を助けに来ること』

キサラギが意味深長にサブローについて語っていた理由もよく分かる。この事態を読んでいたのか。とはいえラズリーには同時に疑問も残る。そこまで心配するような事態なのか？　と。

サブローは、強い。……強い？　強いという形容は正しくないだろうか？　ラズリーは1人で考えながら首を傾げる。ベッドに腰掛けながら白い足をぷらぷらと揺らす。脳裏にサブローを思い浮かべる。サブローの可愛い笑顔を思い浮かべる。サブローの格好いい真剣な表情を思い浮かべる。

それでもサブローは身体能力に優れているわけではない。魔術的な素養や才能にも乏しい。

サブローは、サブローしか持ち得ない特別なものを持っている。

ラズリーは重い腰を上げてベッドから立ち上がる。実のところラズリーはここ数日間はほとんど睡眠を取れていなかった。新たな魔術と魔法の習得に集中しすぎていたのだ。しかも完全な習得はまだできていない。まだまだ未完成だし、なにより時間が掛かる。

肩をすくめるようにしてからラズリーは指を振った。

次の瞬間にラズリーの座標は冒険者協会の扉の前にある。

「うおっ」

「ひっ」

と声を上げたのは扉の近くにいた冒険者たちだった。ラズリーは「悪いわね」とだけ言葉を残してさっさと協会の中に入ってしまう。

「っ。あれラズリーじゃないか？」

「……ラズリー。ラズリーだ。じゃあ俺たち助かったんじゃないのか」

「【原初の家族《ファースト・ファミリア》】が全員集合かっ」

「いや。サブローはいないはずだぞ」

冒険者たちの声は耳に入らない。ラズリーはすたすたと中央の通路を歩いてカウンターの前に立つ。そして慌ただしく動いている中から1人を見つけて声を掛けた。

「マミヤ」

「来ましたか」

言葉を掛ければすぐに応答がある。打てば響く。このやりとりが気持ちよい。なによりマミヤは驚いたりしない。ラズリーが来ることを最初から読んでいたように振る舞う。

「現状は？」

「説明します。奥にどうぞ」

先導され、そして2階に上がりながら、ラズリーは気がついている。

自分が通されるであろう会議室にいる、３人の気配に。

慣れ親しんだ気配に。

いつも一緒にいる、仲間たちの気配に。

【原初の家族《ファースト・ファミリア》】の、気配に。

会議室の円卓には、スピカ・シラユキ・ドラゴンが既に揃っていた。

彼女たちに対してラズリーはゆっくりと碧い視線を這わせていった。そして観察した。サブローには遠く及ばないとしても人を見る目には自信があった。その上で心の中で頷く。

ああ、また強くなってるわね。

4人の視線が交錯する。

もう言葉がなくとも分かっている。この数日みんながなにをしていたのか。そしていまの感情も……。ちゃんと分かり合えている。それも当然だ。サブローと出会った時点からこの仲間内での付き合いは続いているのだ。

この4人組は、もう10年近い付き合いになる。

ラズリーはどこか感傷的に想いながら円卓の一席に腰を落ち着かせる。それからマミヤを振り向いて言った。

「マミヤは自分の仕事に戻っていいわよ。こっちはこっちで話し合うから」

そしてマミヤが会議室を出てから説明は始まる。スピカの口から。……その間にドラゴンは行儀悪く足を机に投げ出して椅子にふんぞり返っていた。そして葉巻を咥《くわ》えて雲みたいな煙を天井にふんわりと昇らせていた。スキンヘッドの強面・長身痩軀。という容姿からしてギャングみたいだとラズリーは思う。でも実際に元ギャングだったとラズリーは失笑する。

シラユキはシラユキで自分の爪をいじっていた。綺麗にネイルされた爪だ。……ラズリーが羨ましくなってしまうくらいにシラユキの指は綺麗だ。白くて長くて細くて、良い意味で人間らしくない。まるで童話に出てくるお姫様とか妖精みたいな指をしている。でもたまにサブローの頬を撫でたりするときのシラユキの指は艶めかしい。

スピカの話は分かりやすい。言葉の選択が上手いのだ。加えて声も良い。空気中に漂う雑味のようなものをすべてすり抜けてしまうような透明な声をしている。

いま王都でなにが起きているのか。サブローがいまどういう状況にあるのか。そして【ハートリック大聖堂】が告げた魔神の復活に関して。一通りの説明をスピカから聞いたあとにラズリーは質問を飛ばす。

「魔神が復活してるなら、もうサブローは戻ってきていいんじゃないの？　スピカ。儀式って魔神の復活のためのものなんでしょ」

「うん。でもサブローくんは、魔人って呼ばれる存在を警戒しているっぽいよ」

「魔人ねぇ。そいつが【トトツーダンジョン】にいるかもしれないから、サブローは調査を続けている感じね？」

「そうそう。ちなみに、ラズリーちゃんはどう思う？」

「なにが？」

「これからの私たちの動き。ドラゴンくんとシラユキちゃんからはもう意見を聞いたんだけど」

ラズリーはドラゴンとシラユキに視線を向ける。だがどちらも反応はしない。

【原初の家族《ファースト・ファミリア》】はサブローを頭としたパーティーだ。サブローの意思が第一の優先事項だ。サブローがしたいといえばなんだってする。それが【原初の家族《ファースト・ファミリア》】というパーティーの基本指針でもある。だがサブローがいない場合の判断はおのおのに任せられている。そして他のパーティーと違って特異なのは個々人の能力が強すぎることだ。

だから意見の対立は起きない。もちろん喧嘩もない。仲はずっと良い。ずっと仲間であり友達だ。

なにせみんな、1人で動ける。

意見を無理に合わせる必要がないのだ。

ならば軋轢《あつれき》など生まれることはない。

意見が合わなければ「あたしはこう動くわね」「俺はこうする」「じゃあ私はこうするね？」「私はこうしておこうかな」となるだけだ。そしてもしもサブローがあとから「僕はこうしたいな」となれば、みんな「了解」と応えるだけなのだ。

そしてラズリーは考える。現状を把握した上で、自分はどう思うのか。どう動くのか。

ラズリーとしてはサブローからのメッセージ・バードを第一に優先したい。サブローは『もしこのメッセージを見たら、速やかに合流すること。そして僕を助けに来ること』と言葉を残していた。であるならばそのサブローの意思を優先して、と考えるけれど、ラズリーは短絡的ではない。すぐに思い直す。時系列の問題があると。

　サブローがメッセージ・バードを飛ばしたときにはまだ魔神が復活していなかった。それどころかスタンピードも起きていなかった。サブローの意思は過去の意思なのだ。いまの意思ではない。……であるならば。

「どっちも」

　ラズリーは言う。欲張りな言葉を。でもしょうがない。子供の頃からラズリーは欲張りだった。自分が欲しいと思ったものは全部手に入れたかった。自分の手に入らないものはそもそも興味がないものだった。全部が欲しい。あれも欲しい。これも欲しい。あれをしたい。これをしたい。欲望が尽きたことはない。欲望がないふりをすることは増えたけれど。

　そしてラズリーの言葉に、ドラゴンが顔を上げた。葉巻を灰皿に横たえ、欠伸を噛み殺す。そうして伸びをする――血なまぐさくて異様に長い両腕が天井を衝《つ》くかのようだった。

　さらにシラユキも自分の爪から視線を上げる。ラズリーへと顔を向けた。相変わらず『魔性の王子』と異名がつくのも納得の容姿をしている。同性であったとしても思わず胸が高まってしまうであろう中性的な容姿。それでも確かな女を感じさせる雰囲気もある。

そしてスピカが純粋無垢な少女然とした笑みを浮かべ、胸の前で両手を合わせた。

「うん。じゃあ久しぶりに、サブローくん抜きでも意見が揃ったね？　みんな。どっちも、欲張っちゃおっか」

どっちも。

――王都に襲いかかる魔物の軍勢を討ち払い、サブローも助けにいく。

4章　トトツーダンジョン

原風景。

それがププムル・ループルが鉄扉を抜けて一番初めに思ったことだった。

そこは一面グリーンの草原だった。地平線の彼方まで濃淡に分けられながら緑が走っていた。惑星は丸いのだと地平線の湾曲を見てププムルは思った。知識を実感として捉え直した。でも同時に「いや、ここは惑星というよりダンジョンだ」と首を振る。

ププムルは周囲を警戒するように見晴らしの良い光景を眺望《ちょうぼう》していく。すると草原が単なるグリーン1色ではないことが分かる。ところどころに黄色い花が咲いていた。白い花が咲いていた。青い花が咲いていた。赤い花が咲いていた。集団で咲き誇る花畑もあった。

起伏にも富《と》んでいた。丘の稜線が波のように繋がっている。……このダンジョンは広い。恐ろしいまでに広い。地平線の向こう側にも、次の階層へと続く**螺旋階段**は見られない。

螺旋階段――ダンジョンというものはいくつかの階層に分かれている。その階層を隔てるのは、支柱の存在しない不可思議な螺旋階段である。

そして螺旋階段の束の間の踊り場には、鏡面にも似た光の膜が存在する。

光の膜をくぐれば次の階層へと進める。というのがダンジョンの基本構造である。

どこか不安になってしまう弱気な心の共感者を求めるようにププムルはみんな――【虹色の定理《ラスト・パズル》】と【竜虎の流星《ダブルスター・ダスト》】の面々に視線を這わせる。そして自分と同じように不安そうな表情を浮かべている仲間を見つけて安心する。不安に思っているのは自分だけじゃない、と。

それはププムルの弱点だ。ププムル自身が自覚している欠点だ。

――風が吹く。

爽やかで新緑のにおいをたっぷりと含んだ空気の流れ。どこか甘さも混じっている。花の蜜だろうか。……すこし肌寒い。ダンジョン内の気候は春に近いようだ。

「魔物も見えないな」

ぼそりと1人ごちるように、フーディが言葉を漏らす。

この調査隊での遠征中にププムルの中でのフーディの像は色濃く変化していた。最初こそ傲慢なタイプの人間だと思っていた。なにより合同パーティーの仲間たちを『使う』『操る』という風に発言していたことが気に障《さわ》った。もちろん腹の内でなにを思おうがそれは自由だ。しかしそれを言葉に出してしまえば敵対にも等しい。

だが。

発言や態度こそ鼻につくがフーディという人間はリーダーの資質を持っている。またリーダーとしての才覚もある。それはスタンピードでの対応を思い返してみれば分かる。あのとき【竜虎の流星《ダブルスター・ダスト》】は【虹色の定理《ラスト・パズル》】の面々を守ろうと動いていたのだ。

なによりププムルがフーディを認めているのは――誰よりも先に立ち上がって指示を出したところだ。あの状況。あの絶体絶命。サブロー以外のすべての人間が腰を折って地面にへたり込んで死に飲み込まれようとしていた。魔物の軍勢を相手に、まるで靴底に潰される虫のように末路を受け入れようとしていた。

だがサブローの言葉を受け、一番に雄叫びを上げて立ち上がったのは、フーディだった。

ププムルではなかった。フーディだった。フーディが奮い立って指示を出したのだ。それに呼応するようにププムルも立ち上がった。他の面々も立ち上がった。

もちろん一番凄いのはサブローだろう。だがサブローはあまりにもかけ離れすぎている。まったくもって現実味がない。それこそ子供の頃に絵本の向こう側に存在していた勇者のように。

――同格のB級勇者。

ププムルは複雑な感情の入り交じった視線をフーディに向ける。……フーディは一面の草原を前にしてなにかを思案しているようだった。螺旋階段を見つけようとしているのか。あるいは別のことを考えているのか。

ふと視線を転じた先ではサブローが気持ちよさそうに深呼吸を繰り返している。両手を広げて瞼も閉じられている。まるで日光浴でもしているようだった。身体には緊張がまったくない。

サブローは「似ている」と言っていたけれど、ププムルはやはりそうは思えない。こんな状況で気持ちよさそうに深呼吸などできるはずがない。それをしようなんていう発想も浮かばない。

ププムルはまたフーディに視線を投げる。

「見晴らしはいいな。とはいえ集団行動を原則とする。固まって動くぞ。……草むらは罠を隠す。【虹色の定理《ラスト・パズル》】は魔術による警戒を怠らないでほしい。うちも盗賊スキルを持っている奴を中心として索敵を念入りに行う。繰り返すが、第一目標は生還だ。無事に帰ることだ」

既にフーディからは動揺も感じ取れない。……同じ立場であるはずなのに。ププムルは思う。スタンピードに直面した直後は同じ立場だった。でも段々とフーディはリーダーとしての才気を発揮していった。そして「調査を続ける」というサブローの言葉に対しても立場は同じだった。

でも。

いまはもうフーディは受け入れている。サブローと同じ目線にまで立っている。……まだププムルの心の中には不安がある。緊張がある。恐怖がある。本当は帰りたい。王都に戻りたい。王都に戻れば人がいる。頼れる人々がいる。安心したい。安堵したい。心の底から落ち着きたい。それがププムルの望みだ。……勇者としてはきっと間違っているであろう、願いだ。

このダンジョンに足を踏み入れてから何度祈ったことか。女神様に。

また、ププムルは視線でフーディを捉え直す。

でも、本当に同じ立場で肩を並べられているのか？

自然とププムルは奥歯を噛みしめている。……考えたくない。難しいことはなにも考えたくない。自分を否定するようなことなんて考えたくない。臆病な思考になんて陥りたくない。不安も嫌だ。緊張だって嫌だ。恐怖はもっともっと嫌だ。でも、考えすぎてしまう。

ただ、それを表に出さないことは得意だった。

だからププムルは薄い笑みを浮かべて【虹色の定理《ラスト・パズル》】の仲間たちに声を掛ける。頑張ろう。私はこういう警戒をするね？　みんなこういう風に動いてね。すこしでも違和感や異変があったら私に言って。

――ところで一体、いつまで私は自分を偽れるだろうか？

行軍は進む。ププムルがどれだけ暗い気持ちになろうとも進む。淡々と進む。ププムルの気持ちを置き去りにしながら進む。進む。進む。

しかし最果ては見えない。広大な草原。一体どこにこのダンジョンの終わりはあるのだろう。

ププムルは空を仰ぐ。そして偽りの太陽を視界に入れる。偽りの青空を視界に入れる。

なによりも不気味《ぶきみ》なのは、魔物さえも見当たらないことだ。

本来であれば考えられない。すくなくともププムルが持ち合わせている常識では考えられない。……ダンジョンに魔物が発生するのは、それこそ空気中に酸素が存在するのと同じくらい当然のことだから。

そして第二に不気味に思っているのは、空間の広さに比べてマナの濃度が薄いことだ。スタンピードの瞬間に扉から噴き出ていたマナの濃度は異常だった。それこそ暗黒の瘴気が噴き出していると錯覚してしまうくらいには。もしもあの濃度がダンジョン内部でも続いていたらププムルには耐えられなかっただろう。いくら魔術師といえどもマナの許容量《キャパシティ》には限界がある。濃度の高すぎるマナは魔術師にとっては毒でしかないのだ。

ああ。

ダンジョンに侵入してからどれだけの時間が経ったか。どれだけの時間を歩いたか。既にフーディの指示で短い休憩を2回は取っていた。空腹を紛《まぎ》らわす食事も摂っていた。それでもまたお腹は空きつつある。

偽りの太陽は青空の定点からまったく動かない。まぶしい光だけを草原に注いでいる。

春の、穏やかな風が吹く。人を癒やすような風だ。草原が波を立てるようにさざめく。花も唄うように踊る。なんてのどかな光景か。……欠伸を噛み殺す者も増えた。

光景だけを見るならば、それこそ楽園《エデン》にも等しい。

「あの。これ、サブローさんからしてみると、どんな感じに見えるかもですか？」

「ん？　ごめん。どんな感じっていうのは？」

「あっ、えっと。……この状況のことかもです。どんな感じに見えます？　思えます？」

「んー。平和でいいねって感じかな。魔物もいないし。気楽でいいよね」

しみじみと言うサブローの表情には嘘が見えない。本当に心の底から現状を安心して見ているように感じられる。……なぜそこまで余裕を保てるのだろう。

ププムルは胸の裡《うら》に湧き出す感情を抑えきれずに言う。

「サブローさんは、どうしてそこまで強いかもですか？」

「……？　いや。僕は別に強くないけどね。よく勘違いされがちだけど」

「そんなことないかもです。スタンピードのときだって、サブローさんがいなければ、私たちは全滅だったかもです」

「そうかな？　たぶん僕がいなかったらいなかったで、君たちならどうにかしていたと思うけど。意外にそんなものだよ。ピンチなんていうのは」

「……あの魔物の軍勢をすべて避けきるっていうのは、どう考えても不可能かもですよ」

「まあ、避けたからなんだっていう感じだけど。ドッジボールと同じだよ。避けるのが上手かったところで、勝てるわけじゃない。でしょう？」

「……っ。な、なんでそんなっ、サブローさんは自己評価が低いかもですかっ？」

ついかまって立ってしまうのはなぜなのか。サブローに見つめられながら会話をしていると感情が表に出てきてしまう。いつも誰にもばれずに隠し通しているものを引き出されてしまう。

そして失礼にも程があるであろう自分の苛立ちも、サブローはまるで気にしていない。

「僕は別に自分を卑下するつもりもないから言うけど、きっと良いところもあるんだろうね。僕が自覚していない良さや強さっていうのは、きっとどこかにあるんだろう」

「！　絶対にあるかもです！　私が保証します！」

「でも、自分では中々に気づけないものだからね、それっていうのは。……でしょう？　ププムルちゃん。ププムルちゃんにだって良いところがたくさんある。でもププムルちゃんは気づいていない。僕の自己評価が低いのも、同じ理由かもしれない」

——僕とププムルちゃんは似ている。

言葉の出てこないププムルに、サブローは続ける。

「さて。平和な時間も終わりみたいだ」

どういう意味か。

サブローは地平線の彼方に指を向ける。……指先の方角にププムルは目を凝らす。けれどなにも見えない。ププムルの目では、先ほどまでの光景となにも変わらないように思える。草原。花畑。丘の稜線。ただそれだけ。

しかしサブローは言った。

「建物、発見だ」

建物？　やはりププムルには見えない。それでもサブローの言葉は確信に満ちていた。

そしてサブローの言葉に光を見たのかもしれない。終わりのない恐怖から救われることを希望したのかもしれない。行軍の足取りは明らかに軽くなった。やがてサブローの指さす方向に歩いていけば……見えてくる。

見慣れたものが。

――教会。

ただの教会ではない。既に廃《すた》れて神官も修道士もいなくなってしまった廃教会である。さらに教会は森のような木立の群生に囲まれていた。……鎮守《ちんじゅ》の森である。

柔らかな風がププムルの首筋を撫でていった。

頭上では鎮守の森を構成する暗い色の木立が揺れていた。

正面――灰色をした教会の外観をププムルは眺める。梁《はり》のところには見たこともない紋様《もんよう》が刻まれている。たとえば女神信仰であれば、そこに刻まれているのは三角形と、その中心に据えられた女神の横顔である。だがその教会は違った。……これはなんの紋様か？

「見たことがない。なにを信仰している教会だ？」

「僕も見たことがないな。というか、あんまり詳しくないんだけど。ププムルちゃんは？」

「あ。私も……。その、私にもなにを信仰しているのかは……」

ププムルは他のメンバーにも視線を這わせる。だが知っている者はいなさそうだ。

教会を前にして不安が湧いた。未知を目の前にしたときの正常な反応としての不安は。しかし踏み込むべきだろう。なにせ永遠に続くかと思われた草原に出現した唯一の変化なのだから。

すこし壁の剥げている古めかしい教会。きっと神官が1人に修道士が数人。祈りの期間に入れば信奉者たちが十数人は現れて祈りを捧げる。そういった光景が目の裏側に浮かぶ。

気配察知に優れたものが外から中の様子を探って「生きているものは誰もいません」とフーディに報告を告げる。遅れて【竜虎の流星《ダブルスター・ダスト》】の盗賊職が先頭に立った。

両開きの扉が、ゆっくりと開かれる。

教会の内部に、光が射し込んでいく。

——最初はまるで宝石が舞っているように思えた。それは空気中に漂っている埃《ほこり》に光が当たってキラキラと輝いているからだった。さらに光が満ちれば教壇の奥に鎮座しているステンドグラスが反射して色を変える。それは場違いにもとても綺麗な光景に思えた。

内壁には不明な文字の額縁が掲げられている。それは読むことのできない文字だ。文字だと認識できるのは雰囲気による直感のみ。まるでミミズがのたくり回っているような文字だ。

本来の教会に当たり前のように存在している長椅子のようなものもない。神父が立つであろう教壇があるくらいだ。ステンドグラスの模様もなにを意味しているのかは分からない。

天井から吊り下がっているシャンデリアは埃に表面を覆われているが豪奢《ごうしゃ》だった。どれだけ高価なシャンデリアなのだろう。いまこそ光を発していないが、もしも生きていたのならば思わず見惚れてしまったことだろう。

そしてププムルは無詠唱魔術で天井近くに魔法陣を展開した。明かりの魔術である。魔法陣はすぐに発動して教会内部を明るく照らす。

「――螺旋階段だ」

次いでぼそりと呟くのはフーディだ。だがフーディだけではなくその場にいる誰もが気がついていた。教会内部が明るくなった瞬間に、気がついていた。

視線の先に存在しているのは、螺旋階段である。

支柱の存在しない不可思議なそれは教壇のさらに後方にあった。寂しげにぽつんと存在していた。それはまるで遊具が撤去されて子供たちの去った公園のような寂しさだった。

螺旋階段は高い天井まで、円を描くように巻きながら昇っている。

誰かの生唾を飲み込む音が、やけに響いて聞こえるような気がした。

螺旋階段というものをププムルは見慣れている。冒険者にとっては切っても切れない関係性にある。冒険者をしていて螺旋階段を知らない者はそれこそ存在しないだろう。

けれど見慣れているはずの螺旋階段が、どこか異様な感覚と感情を心に渦巻かせてくる。

「……行くぞ。行くしかない。怖いのは分かるが、俺たちは先に進まなければならない。もしもこの先でなんらかの儀式──世界の危機に繋がるようなことが起きているのならば、俺たちが、阻止しなければならないんだ」

フーディの言葉は仲間たちに対する鼓舞《こぶ》だ。そして尻込みしているような雰囲気の何人かが深く頷いた。折れそうになっていた気持ちを立て直した。そうだ。その通りだ。もしもこの先にすべての異常事態の原因があるのだとしたら。もしもこの先で世界の危機に繋がるような儀式が行われているのだとしたら……。止めるのが仕事なのだ。そのための調査隊なのだ。

同時にププムルは、フーディに同情を抱いた。

ププムルにはフーディが怯えているのがよく分かった。フーディこそが尻込みしているのがよく分かった。つまりは仲間の鼓舞であると同時に、自分自身に対する声掛けでもあるのだ。

静かに、足音の連なりが、螺旋階段へと、近づいていく。

そしてププムルは見上げる。支柱もなく、まっすぐに巻き上がりながら天井へと昇る螺旋階段の軌跡を。その最上部にある踊り場を──踊り場に張ってある白濁した光の膜を。

進みたくない……。一行は階段を上る。……次の階層になんて行きたくない。ププムルは思う。しかしププムルは意思に背くようにして足を進める。1段目の階段に足を乗せた。ああ。家に帰りたいな。お姉ちゃんに連絡したい。パパとママにもメッセージ・バードを飛ばしたい。そして安心したい。みんなと一緒にいたい。みんなの顔が見たい。冒険者の友達や仲の良いパーティーと一緒にいたい。そうして王都の防衛をしていたい。こんな少人数で、こんな得体の知れないダンジョンになんてもぐりたくない。その先にも進みたくない……。

正直な弱音に蓋をするようにして階段を上る。上る。上る。

そして螺旋階段の踊り場の手前で、ププムルはサブローを振り返った。

サブローはぼんやりと退屈そうに、螺旋階段の下にある教会内部を眺めていた。

合同パーティーは螺旋階段の膜を、くぐる。


──先に広がるのは、光虫《ひかりむし》の飛び交う暗い森だった。

暗い森を認識した瞬間にププムルは咄嗟《とっさ》に魔術障壁を張っていた。合同パーティー全員を囲うように。遅れて【虹色の定理《ラスト・パズル》】の仲間が気がついたようにププムルをカバーする。……なんのために障壁を張るのか？

高密度のマナから身を守るためだ。

先ほどまでの草原地帯とは様相が変わっていた。非常に濃度の高いマナが空間を漂っていた。いや。感覚としては澱《おり》のように空間にへばりついているという方が正しい。

「……助かる。ちなみになんだが、維持はどれくらい可能だ？」

「全員で協力している状況なら、1日半は持つかもです」

「分かった。悪いが、そのまま障壁を張っていてくれ」

「了解かもです」

「よし。みんな。魔術障壁の円からは出ないように気をつけてくれ」

フーディがみんなに注意するのを聞きつつ、ププムルは周囲に視線を這わせる。

……暗い森だ。しかし完全に暗黒に包まれているというわけではない。それは小さな全身を青白く光らせて飛び交っている光虫の影響だろうか。それもある。しかしそれだけの理由ではないだろう。ププムルは近くの大木を見る。……木立はすべてが巨大で、幹も太い。そしてなによりも、空を仰いでも葉が見えないほどに高く聳えている。

空はどこにあるのだろう？

夜のように思える。けれどたぶん夜ではない。ププムルは思う。葉が高すぎて光が遮られているだけだ。さらに濃度の高いマナが光線を遮っている。それがこの不思議な暗さの原因だ。

「サブローさん。なにか見えたりはしないか？　あんたの目も頼りにしたいんだが」

「……」

「サブローさん」

「……」

「サブローさん？」

「……まずいな」

ふいのサブローの呟きは、深刻な色を帯びていた。

慌ててププムルは視線を向けた。

そこにいたのは眉をひそめて一点を見つめるサブローだ。眉間に厳しく皺《しわ》が寄っていた。眼差しは鋭く細められて刃物のように鋭利だった。隣で声を掛けるフーディの姿は目に入っていないようだった。意識の中にも入っていないようだった。ただただ一点だけを見つめている。

たった、数日。

たった数日だけの付き合いではあるけれど、ププムルにはそれが異常であるように思えた。なにせスタンピードを目前にしてもサブローは微笑みを浮かべていたのだ。死が差し迫っている状況にあってもサブローは微笑んでいたのだ。あの凶悪な気配を醸していた【大罪の悪魔】

と対等な立場で会話を交わしていたのだ。

そのサブローが、微笑みを崩して、一点を険しく見つめている。

ププムルもその方向を見た。フーディも既にその方向に明るい瞳を向けていた。けれど2人にはなにも分からなかった。一体なにをサブローは見ているのか？　なにを感じ取っているのか？　なにを思って表情を険しくしているのか？

サブローは、小さく呟く。

「フーディくん」

「ああ」

「いますぐさ」

「ああ」

「引き返せないかな」

「……なんだって？」

「引き返せないかな」

「引き返す？」

「うん」

「なに言ってるんだ？　いきなり」

「危ない気がする」

「気がする、ってなんだよ」

「まだ分からない」

「はあ？」

「危ない気配があるんだ」

「……なんだよ、それ」

「引き返そう」

「……」

「引き返すべきだ」

「……」

「フーディくん」

「一体なんなんだよっ」

「っ。静かに」

「静かにじゃないだろっ！」

「静かにっ。……戻りの螺旋階段を探すんだ」

「つはぁ。っ。俺たちは、調査隊だろっ」

「そうだよ。でも、第一目標は変更した。生還だ。第一目標は。だから」

「こわい」

「……フーディくん？」

「こわい。……怖い。怖い。怖いっ」

「フーディくんっ」

「怖いッッ！」

次の瞬間にフーディは悲痛に涙を流しながらサブローの胸ぐらを掴んでいた。そして本来であれば避けられたはずのそれをサブローは避けなかった。ただ驚いたように目を丸くしていた。

一体なにがどうしたのか。なにが起きているのか。動けない。ププムルは動けない。身体が硬直している。突然の急変に対応できない。驚いている。ただ驚くことしかできない。しかし。

「やめてええええええええええええええええッッ!!」

次いで耳を劈《つんざ》く叫び声には馴染みがあった。ププムルが驚いた先には【虹色の定理《ラスト・パズル》】のメンバーの1人がいる。普段は姉御肌の魔術師であり頼れるメンバーのはずだった。そのメンバーがいまは両耳を塞《ふさ》ぎながら膝を折って絶叫していた。白目を剥いて。

——まずい。

魔術障壁が歪む。崩れる。その崩壊を押しとどめるのはププムルのセンスと技量だ。膝を折ってしまったメンバーの負担を肩代わりするように魔術障壁を操る。だが。

同時にププムルの視界が歪んだ。いや。滲んだ。なにが起きているか分からなかった。ププムルは慌てて目を擦る。そうすると指が熱く濡れた。……涙。涙？　泣いている？　どうして。分からない。分からないが、涙を流していると実感した瞬間に感情が急に揺れ出す。涙がまたあふれ出てくる。止めようと思っても止められない……！

悲しい。悲しい。悲しい。悲しいっ。なにが悲しいのか分からない。でも悲しいっ！

「誰か俺を家に帰してくれええええええええええ！　もう嫌だ！　帰りたいんだああああああああああああ！」

「あぁ。うるさいうるさいうるさいうるさいうるさいうるさいうるさいうるさい」

「怖い怖い怖い怖いこわあああああああああああああああああああ」

絶叫と絶叫が共鳴する。森に反響し木霊《こだま》する。しかしププムルの意識はどんどん外界を遮断していく。発動している魔術障壁が手から離れていく感覚もある。……それはまずい。まずいと分かっている。でも同時にどうでもよくなってくる。なんでもよくなってくる。叫び声も気にならなくなっている。みんなが取り乱している。みんなが暴れている。でもそんなことすらもどうでもいい。どうでもいい。どうでもいい。どうでもいい。……ただ、ただただ悲しい。

ああ——なんで私は、お姉ちゃんになれないのだろう。

お姉ちゃんになりたい。足手まといにはなりたくない。お姉ちゃんと一緒に【王国魔術団】に所属すればよかった。でも逃げたのは私だ。私の弱さだ。お姉ちゃんは好きだ。でもお姉ちゃんと比べられるのは嫌いだ。お姉ちゃんみたく期待されるのも嫌だ。私は私なんだ。私には私の良さがきっとあるはずなんだ。でもみんな見てくれない。みんなお姉ちゃんと似たような良さしか私から見いだしてくれない。……苦しい……。考えたくない。なにも考えたくない。でも考えてしまう。苦しくて苦しくてたまらない。もう嫌だ。もう楽になりたい。難しいことは嫌だ。面倒くさいことも嫌だ。楽になりたい。ただただ、楽に。

楽になるために——ププムルは、発動していた魔術障壁を手放した。

瞬間に合同パーティーを襲うのは高密度のマナである。

視界の端で感電したように痙攣《けいれん》しながら倒れていく仲間たちの姿が見えた。マナに適応できない体質の仲間たちだった。【竜虎の流星《ダブルスター・ダスト》】のメンバーが多かった。ドミノ倒しのように倒れていく。でもやはりどうでもよかった。魔術障壁を張らないのは楽だ。なにもしていない状態というのは楽だ。苦労はしたくない。しんどいこともしたくない。楽がしたい。ああ。できるならばこんな状態が永遠に続いてほしい。もうなにもしたくない。なにも考えたくない。なにも……。

サブローの胸ぐらを掴んでいたフーディも、倒れる。

やがてサブローとププムル以外の全員が意識を失う。

そして。

「ああ、まったく。最悪の状況だな」

呟くサブローの視線はププムルには向いていなかった。倒れた仲間たちにも向いていなかった。ただ暗い森の奥に向いていた。しかしププムルにはもうどうでもよかった。ただただ面倒だった。なにもかもが面倒でたまらなかった。だから自然と、みんなと同じように横になった。

――目を瞑る、最後の瞬間。


暗い森から出てきたのは、裸の女だった。

◆◇◆◇◆

さて。

僕の背後でなにが起きているのか。僕はそれを見なくとも理解している。……みんな倒れている。生きているのか死んでいるのかは不明。しかし現状が長続きすれば高密度のマナによってなんらかの障がいが残ってしまうかもしれない。あるいは息絶えてしまう可能性すらもある。

本当の、絶体絶命か。

なにが原因か。脳裏に浮かぶのはいきなり僕の胸ぐらを掴んだフーディくんの悲痛な表情である。その表情に似合わない突然の激昂である。なにが原因なのか。それは詳しく分からない。けれど元凶は分かる。

裸の女。

人間——ではない。

僕の方にゆっくりと歩いてくる彼女を、僕は観察する。

生気をまるで宿していない青白い肌。神秘的なまでに輪郭を形作られたスタイル。光虫に照らされるのは青みがかった銀髪だ。その精巧な造りをした顔の両目も銀色に輝いている。歩き方には軸のブレというものがまったく存在しない。

これは、なんだ？

いい、いい、
彼我《ひが》の距離は5メートル。それだけの距離を残して裸の女は立ち止まる。僕の方を見ながら。

銀色の瞳が僕を観察している。僕が女を観察しているように、女も僕を観察している。そうして永遠にも1秒にも感じ取れる時間の流れがあった。やがて女は言った。すべての遮蔽《しゃへい》をすり抜けて鼓膜を直接くすぐってくるような、透き通った声音で。

「ねえ。なんで倒れていないの？」

それはまるで物心のついていない子供が母親に訊ねるような聞き方だった。ねえお母さん。なんであの人間は倒れていないの？　他の人間はみんな倒れているのに。

言葉はもしかすると返すべきではないのかもしれない。なぜなら明らかに敵だから。僕はこの女こそが元凶だと気がついている。……フーディくんに引き返すべきだと告げた。あのときに僕は得体の知れない悪寒《おかん》に背筋を冒されていた。

なにか、僕たちでは絶対に敵わないような力を持つ存在が、こちらに、近づいてきていると。

その予感が現実になる前に、みんなは、倒れた。

――僕が悪いな。

螺旋階段は上るべきではなかった。膜はくぐるべきではなかった。調査はすべきではなかった。そのすべての責任は僕にある。僕が調査を続行することをフーディくんに進言したのだ。スタンピードを乗り越えた直後に。……僕は罪悪感を自覚しながら息を吐く。そして言葉を返すことに決める。

なぜなら、どうせ敵わないから。

僕1人では、この女には敵わない。

僕は、戦闘において凡庸の一言に尽きる。

僕は諦めたように言う。

「耐性があるんだよ、いろいろと」

厄介なことにね。と僕は言葉を付け足しておく。人によっては羨ましいと思うかもしれない。けれど僕としてはとんでもない。いまだって本当はみんなのように気絶しておきたいのだ。1人だけで得体の知れない女と対峙するくらいならば気絶しておきたい。

そして女は僕の言葉に対してこてんと首を傾げた。よく言葉の意味を理解できていないのだろうか。本当に子供のような存在である。……いや。本当に子供のような存在なのか？

「ふぅん。人間のくせに、生意気だね」

「人間のくせに、か。まるで自分が人間じゃないみたいな言い草だね」

「？　人間じゃないよ。サダレは魔人。下等な劣等種とは違うんだよ？」

「ああ。なるほど。選民思想が強い感じだ」

「せんみん？　ってなに？　当たり前のことをサダレは言ってるんだよ？」

「弱者に優しく、っていうのが本当の強者だと思うけどね、僕は」

「んふふ。なに言ってるの？　人間」

微笑み――それは容姿に見合った妖艶な表情だ。

サダレ、というのがこの魔人の名前なのだろう。サダレは艶やかな色香の漂う微笑みを浮かべたまま続ける。

「弱者は踏み潰す。それが強者の役割なんだよ？　人間。んふ。んふふふっ。サダレは強い魔人っ。強すぎる魔人っ。あー。あー！　だんだん、思い出してきたよー人間っ。サダレの役割。サダレのするべきこと！　あはははは！　うん。殺しちゃおっかな」

そして僕は——屈んだ。

刹那。

音もなく、僕の首があったところを抜けていく風の刃がある。

「ええっ！　凄い！　あはっ。ダンスが上手いんだねー人間はっ。うん。死の舞踏——サダレと一緒に踊ろうかっ！」

まるで天使みたいに天真爛漫《てんしんらんまん》に嗤って、サダレは全身からマナを噴き上げた。


——仮説を立てよう。

まず1階層の草原地帯。恐ろしいほどに空間が広かったにもかかわらず空気中のマナは薄かった。それはなぜか。……サダレがその身にマナを吸収してしまったからではないか？

「あははははっ！」と愉快な哄笑を響かせながらサダレは両手を広げた。瞬間、その体内から放出されたマナは無数の青いガラス片となって硬質化し——空に舞い上がる。

蒼の嵐。

サダレが両腕を僕に向ける。それが合図だ。無数のガラス片が車輪のように回転し——空間を切り裂いて僕に降り注ぐ。それはまさに驟雨《しゅうう》にも等しく——雨には傘が必要だ。僕は瞬時に木々の間に身体を滑らせた。ガラス片が勢いよく幹に突き刺さり、硬い音を立てていく。だが、まだだ。木々の隙間でサダレが両腕を動かすのが見える。その動きに共鳴して、空に滞留していた残りのガラス片が滑り出した。

まるで風のように！　まるで生きているかのように！　まるで竜の息吹《いぶき》のようにっ！　ガラス片が宙を縦横無尽に踊った。そして弧を描くようにして木々をすり抜け、僕に突き刺さらんと迫る！

死の舞踏。

僕も——僕も踊るように避ける。木々をポールのように利用する。幹に身体を寄せて重心を変える。幹を蹴り飛ばして動線を切り替える。根っこにわざと躓《つまず》いて意表を突く。身体が動く。身体は軽い。眼前すれすれを青いガラス片が通り抜けていく。——なぜ身体は軽いのか。マナだ。僕は理解している。僕の頭も驚くほど冷静に動いていている。

濃すぎるマナは適応できていない人間にとって毒として働く。けれど適応できるのであれば薬なのだ。そして僕は適応している。なぜなら僕は腐ってもS級勇者だ。様々なダンジョンに赴き様々な修羅場をくぐって、そしていままで生き抜いてきたのだ。

地面に刺さったガラス片。幹に刺さったガラス片。彼方に飛んでいったガラス片。空中に滞留しているガラス片はすべてなくなり――すべて避けきったのだと理解すると同時にガラス片は砕けて蒼い粒子となった。そうして蒼の粒子は逆再生を描くかのようにサダレの身体へと戻っていく。……せめてサダレのマナの絶対量を減らした、と思いたかったのに。

さて。

僕にできることはなんだろう？

サダレが全身にマナの粒子を吸収していく。それは場違いだと分かっていながらも神秘的な光景だ。

僕は視線を横に這わす。そこには倒れ伏したままの【虹色の定理《ラスト・パズル》】と【竜虎の流星《ダブルスター・ダスト》】のみんながいる。死んでいるわけではないということを僕は踊りながら確認していた。生きているけれど、死んだように眠っているのだ。……ガラス片はそこにだけ突き刺さっていない。そこにだけはガラス片が当たらないように僕は動いていた。

僕にできることは分からない。ただ僕がしなければならないことはある。……まず時間を稼ごう。頑張って。なんとかして。……まず彼らが起きるだけの土俵を作らなければならない。

そして彼らが必死に生き延びるための可能性の芽を探さなければならない。

絶望的に干からびた土壌《どじょう》で、なんとか生還という花の芽を探し、立派に咲かさなければならない。

ゆえに僕は言う。恐れずに、対等な立場として、魔人に言う。

「ここまでダンスに付き合ったんだ。ちょっとくらいは僕にも付き合ってもらいたいな」

「んー？　なに。人間のダンス？　嫌だよ。あくまでも人間がサダレのダンスに付き合うのっ」

「ダンスじゃない。会話だ」

「会話？　なんで？　人間なんかと話すことなんてないよ。だって人間って馬鹿じゃん！」

「君のマナには精神感応作用がある。それは意図しているものか？」

すると不思議そうにサダレは首を傾げた。

……出鱈目だ。僕は自分で言いながら思っている。僕の発言は出鱈目である。君のマナには精神感応作用がある？　嘘だ。たぶん、ない。いや確実にない。

フーディくんやププムルちゃんたちがいきなり取り乱した理由は別にある。それはたぶんこの空間——暗い森にある。背が高すぎて枝葉すらも拝めない木々にある。あるいはそんな闇を心許《こころもと》なく照らしている光虫にある。この空間——環境そのものにある。

けれど的外れな発言というものは得てして興味を惹くものだ。なによりも知能のある存在は「間違いを正そうとする」ものだ。ゆえに——サダレは僕の狙い通りに口を開く。

「なに言ってるの？　人間。人間はやっぱりお馬鹿なんだね。頭が悪いんだね。弱々なんだね。雑魚《ざこ》雑魚なんだね。目が腐ってるんじゃないの？」

「そうかな。僕には君のマナに異常があるように思えたんだけど」

「あるわけないじゃん。サダレのマナは完璧だよ？　変な作用とかもないの。純粋で一途《いちず》なんだからね。てゆーか、やっぱり人間って、お目々が可哀想なくらいに腐っちゃってるんだね？」

「そうかもしれない。でも、どうだろう。腐った目でも……君の攻撃は避けられちゃうね」

僕は肩をすくめて嘲りを浮かべる。そうすると露骨にサダレは顔を険しくした。そうして子供のように頬を膨らませる。

「むぅ。なんかさ、人間、勘違いしてない？　サダレは遊んでただけなんだけど。まだ身体を取り戻して間もないから、ゆっくりストレッチするみたいにウォーミングアップしてただけなんだけど？」

「うん。子供らしい言い訳だ。身体を取り戻して間もない……っていうだけあるね？　ていうかそれ、僕に教えてもいいの？　重要そうな言葉に聞こえたけど？」

「？　別に教えてもいいんだよ。だって、どうせ殺すし」

「殺せるかな？　僕、避けるのは上手いよ。ダンスも実は得意なんだ」

「ふん。避けるのが上手いからなんだっていうの？」

拗ねたようにサダレは言う。そしてその言葉を受けて僕は素で笑ってしまう。それはなにより僕自身が自覚していることでもあるからだ。まったくもってその通り。避けるのが上手いからといってなんなのだ？　それに。

僕は右足に意識を向ける。右足のふくらはぎ。……気のせいではない痛みがある。痺れにも似た痛みだ。それなりに深く傷ついているような気がする。たぶん血も流れている。すべて避けていたつもりではあるけれど。どこで切られたのか。

でも僕は微笑んだまま言う。

「知らないのか。――避け続けることができれば、負けないんだ」

「……やっぱり人間って馬鹿。それ、本気で言ってるんだ？　ふぅん。……別にいいよ。サダレが、理解《わか》らせてあげるね」

次の瞬間――サダレを中心として、種々雑多な色合いの魔法陣が多重展開された。

「踊りなさい、人間」

「精々《せいぜい》、いいＢＧＭを頼むよ」

僕の軽口に答えるように。

暗い宙《そら》に顕現した大火球が、空気を焦がした。

吹き荒れる熱波が皮膚を熱くさせる。

空間におびただしく展開された魔法陣——複数の魔法陣が絡み合って強大な魔術は発動する。火球は僕に迫りながら形を変えた。風の魔術によって——朱い竜の顎《あぎと》に！　サダレが高い哄笑を上げるのが聞こえた。瞬間に炎の竜は大口を上げて襲い来る。

木々の間に姿を隠しながら僕は避けようとする。けれどすべてを避けきることはできない。炎の竜を避けたところで——笛の音が鳴る。それは白い魔法陣から放たれた鋭い風の刃だ。避けられない！　一瞬の判断。すぐに犠牲を選ぶ。身体のどこならば安いのか。そして選んだのは、利き腕ではない左腕——前腕をえぐるように風が抜けていって血飛沫が噴いた。

肉が裂かれて骨に至る。叫び声を上げる余裕すらもない。僕は木々の隙間で窺う。さらに魔法陣が展開される様子を。その魔法陣が光り輝いて発動する様《さま》を！

炎の竜が再び火球の形に戻る。けれどそれは元の火球とは明らかに違う。……あまりにも、巨大。それは目を灼《や》き、暗い森が一瞬にしてまばゆい昼間みたいに照らされてしまう、燦々《さんさん》と輝く太陽のような火球。僕は思わず呆気《あっけ》にとられて口を開けてしまう。間抜けに。

「ほら、もう諦めていいんだよ？　もうっ、人間なんかにはどうしようもないんだからっ！」

さらに——さらに火球が膨張する！　光っていた魔法陣が輝きを増す！　なにが起こるのか。

僕は自然とサバイバルポーチに右手を突っ込んでいる。ふと指に当たったのは封筒の感触だった。ああ……。『退職届け』か。

僕が封筒を退けて手の平に掴むのはビー玉のような小さな玉だった。そして煙草よりもすこし長いくらいの細い筒だった。

「死んでばいばい、さよなら人間！」

魔人サダレが両腕を広げて天を仰ぐ。

――**炎の流星群**。

火球は無数の流星に分裂して大地に降り注ぐ。それは死というものを体現した光景だ。そして同時に綺麗だった。ああ。もしも世界の終わりというものがあるのならば、きっとこんな光景なのだろう。宇宙から降り注ぐ炎の流星群が【惑星ナンバー】という世界を壊してしまうのだ。

でも、僕には守らなければならないものがある。

僕はビー玉のような小さな玉――宝玉を投げつける。倒れ伏しているみんなに向かって。宝玉はダンジョンで採掘される希少な宝石を加工した魔道具だった。役割は1つ。

魔術の内包。

みんなの近くで砕け散った宝玉は、次の瞬間に光の魔術障壁を張り巡らせる。

『ねえラズリー。これにさ、僕を守るための魔術障壁を込めてくれない？　ほら。僕って避けるのは上手いかもしれないけど、身体は弱いしさ。奥の手は持っておくべきだと思うんだよ』

『まあ、それはそうね。いいわよ。それ貸して？　一晩かけて超強力な魔術障壁を入れ込んでおくから。……どんな攻撃でもサブローに傷1つつけられないくらい、強力な魔術障壁を』


流星が降り注ぐ。

僕の地点にまで魔術障壁は及ばない。

僕はずっとみんなから離れて避け続けていたから。

それは僕の責任だった。

なによりS級勇者としての意地だった。

僕は――微笑む。炎の流星群が僕を襲う。皮膚が焼ける。目も見えなくなる。それでも考える。判断する。避けきれない火球は傷ついた左腕を犠牲にする。ああ。血が焼けて止まるから一石二鳥だ。痛みは感じない。僕の身体は灼かれて傷つきながらも動いている。僕の目は灼かれてなにも見えずとも気配を感じ取っている。僕の脳は灼かれて回らずとも必死に考えている。

熱波で喉と肺が焼ける。僕は呼吸すらも止める。生きるために最善を尽くす。まだ死ぬわけにはいかない。まだ責任は取れていない。まだ【虹色の定理《ラスト・パズル》】と【竜虎の流星《ダブルスター・ダスト》】という未来の芽を潰すわけにはいかない。だから。

だから僕は避けて生き残る。
服は燃えて灰と化す。
皮膚は焼かれて黒く焦げつく。
左腕はもう神経すら通っていないように動かない。
全身の表面が痺れるように痛む。
喉も肺も痛む。
呼吸すらも苦しい。
でも、僕は生きている。

――そして。

次に呆気に取られているのは、サダレの方だった。
彼女は僕とは違う綺麗な肌のまま草むらに立っていた。僕が炎の大地から生還して前に歩を進めるのを傍観していた。そして彼女は僕が口に咥えた細長い筒にすら気がついていないようだった。……僕は細長い筒を口に咥えている。そして痛む肺を膨らませて息を吸い、鋭く吐いた。熱された空気を貫くのは毒針だ。銀光《ぎんこう》を煌めかせながら毒針はサダレの皮膚に刺さった。

まあ、意味はない。

弱い魔物には覿面《てきめん》に効果がある。しかし強い魔物には微塵も効かない。ましてや魔人が相手ならばなおさらだろう。……でもいい。でもいいのだ。

サダレはようやく自分の鎖骨あたりに刺さった毒針に気がついた。そして普通に抜いた。いつの間にか空間中に多重展開されていた魔法陣も薄く消え去っていた。

僕は言う。焼けて乾燥してガラガラに嗄《か》れた声で。

「お返しだ。ちょっとは痛かっただろ？」

「……人間、何者？」

「勇者だよ。腐ってるけど」

「そうじゃない。サダレは名前を聞いてる。人間、名前は？」

「サブロー。君のちゃちな攻撃を軽々と避けてみせた男の名前だ。よく覚えておくといいよ」

「……サブロー。ふうん。強いんだ、サブロー。びっくりした。……でも軽々じゃないよね。嘘はいけないってサダレは思うな。だって満身創痍《まんしんそうい》じゃん！　ボロボロじゃん！」

「これが満身創痍に見えるのか。魔人ってのは、意外と臆病なんだね」

僕はなんてことないように肩をすくめて言う。……もちろん嘘だ。普通に満身創痍だ。普通に死にかけている。普通に全身が痛い。普通に横になりたい。普通に病院に行きたい。あるいは教会でプリーストに治療してもらいたい。でもそんな本心はおくびにも出さない。

なぜなら――チャンスだから。

ラズリーの全身全霊を籠めた宝玉の魔術障壁はまだみんなを囲っている。みんなを焼けた草むらの火花から守り続けている。でも守っているのはそれだけではない。この暗い森という環境からも守り続けているのだ。であるならば。

あとは僕が時間を稼げばいい。稼ぎ続ければいい。そしていまサダレは僕に興味を抱いた。会話に乗ってくれている。つまりチャンス。この上ないチャンスなのだ。

「ところで、2回も僕はダンスに付き合った。今度は僕の会話にも付き合ってもらわないとね、フェアじゃない。……そうは思わないか？　サダレ」

「……んー。いいよ。で、なに？　ちょっとは聞いてあげる」

「君はいつの時代から甦ったんだ？」

5章　S級勇者

「君はいつの時代から甦ったんだ？」

というサブローの声が聞こえた瞬間にフーディ・モンドは意識を取り戻した。

意識が覚醒してすぐに思い起こしたのは気絶する前の自分の行動だった。自分は一体なにをしていたのか。なにをしてしまったのか。……胸ぐらを掴んだ感触が手のひらに残っている。俺は一体なにをしていたんだ？　どうしてサブローさんの胸ぐらを掴んだ？　いきなり。いきなりどうして俺は……。

しかし過去を振り返る暇はない。

現状は――なにが起きている？　いや違う。なにが起きたのか。そして、どうして自分はいま地面に横たわっているのか。気絶してしまったのか。

焦げたにおいに、鼻が詰まった。

ゆっくりと顔を上げる。……周りの草花は焼けていた。自分たちが火花に巻かれていないのは魔術障壁のお陰だった。その魔術障壁にしても、ププムルや【虹色の定理《ラスト・パズル》】が発動させていた魔術障壁とはすこし違う。

「？　あれ。サブローに言ったっけ？　サダレが甦ったこと！」

「明確には言ってなかったけど、身体を取り戻した云々《うんぬん》っていうのは言っていた」

「あー。そういえば言ったね！　うん。でもさー、時代とかはよく分かってないんだよねえ」

会話が聞こえる。会話の具体的な内容は分からない。なんの話をしているのか。サブローは誰と会話をしているのか。

フーディは重い身体を起こそうとする。けれど吐き気がするほどに頭が重い。全身が重い。まるでマナ切れでも起こしているかのように。あるいは酷い寝不足のときに質の悪い酒で酔ってしまったときのように。それでもフーディは根性を振り絞るようにして顔をさらに上げた。

かすむ視界に映るのは、煤《すす》まみれのサブローの姿だ。

服が襤褸《ぼろ》のように焦げてしまっている。露出する肉体には目を背けたくなるほどの裂傷がいくつも線を引いている。流れた血が焦げたのか、墨のように黒い汚れが皮膚に染みを作っていた。足も背中も腕も首も、なにもかもが傷ついてしまっていた。焦げてしまっていた。それこそなぜ痛みに声を震わせないのか不思議なほどにっ。

なにより酷いのは、左腕だ。

深すぎる傷から骨が覗いている。肉が綺麗に削《そ》げてしまっている。なにがあったのか。どうして？　フーディには理解できなかった。サブローはあの魔物の軍勢さえ無傷で切り抜けてしまった回避の達人だ。そのサブローがこんなにも傷つくことなんてあり得るのか？

そしてやっと、フーディは気がつく。

サブローの対面に立つ裸の女に。サブローと会話をしている相手に。

反射的に顔を下げた。……フーディは視線を落としていた。無意識に。それこそ熱された鉄板に触れてしまって思わず仰《の》け反《ぞ》ってしまうように反射的に。……そして、震える。震える。指先が震える。身体が震える。内臓が震える。――恐怖。

あれは、見てはいけない。

あれは、触れてはいけない。

あれに、気がつかれてはいけない。

かちかちと音が鳴る。自分の奥歯が鳴っているのだと自覚するのには時間が掛かる。自然と握られていく両手の拳が震えた。その指先が血液を失って白く痺れていった。……あれはなんだ？　あの強大な……そしてなにより凶悪な負のマナを放っている相手は、誰だ？

人を絶望に追いやるようなマナを漲《みなぎ》らせている、あの怪物は、なんだ？

怖い――嗚呼。またた。フーディは恐怖心の片隅で冷静に思う。スタンピードのときと同じだ。怖い。ただ怖い。ひたすらに怖い。恐怖がある。心が寒々と凍える。あれはなんだ。あれはなんだ。あれはなんだ。……しかし、スタンピードのときとは決定的な差がある。

スタンピードのときには、自分が死ぬという予感があった。

いまは、違う。

確実に、殺される！

目が合えば、まるで虫でも振り払うかのように、殺されるっ！

「あのねー、気がついたら起きてた、っていう風が正しいかも。サダレ的には」

「気がついたら、ね。にしては、随分とぴかぴかの身体をしているね。普通に老化してお婆ちゃんとかになってくれてたらいいのに」

「えー！　あははっ。やだよー。若い身体の方が好きだなー、サダレは。それに動きやすいしね。うん。起きたばっかりだけど、サダレはこの身体を気に入ってるよ！」

「ちなみに、昔はどんな身体をしていたの？」

「昔？　覚えてないなぁ。……あ。でも人間みたいな身体はしていたよ？　そういう身体に適合する魂の形をしているからさー、サダレたちは！」

「うーん。君があんまり知略とかに長《た》けているタイプじゃなくて良かったよ。生まれ変わったばかりなら仕方ないかもしれないけど。情報が簡単に手に入って、楽でいいや」

「え？　なにそれ。もしかしてサダレを馬鹿にしてる？　サブロー。むかつくから第3ラウンドにいっちゃおうかなー？」

――なぜ。

会話の内容はやはりフーディには分からない。それでも互いに交わしている言葉の軽さは伝わってくる。……あの謎の女が、あの怪物が軽い口調なのは分かる。けれどなぜサブローが軽口を叩けるのだ？　まるでなんともないように話せるのだ？

フーディはまたゆっくりと、慎重に慎重に、臆病に震えながら顔を上げる。

そこには先ほどの光景と変わらない構図がある。サブローはボロボロの姿である。その満身創痍の理由も分かる。怪物の攻撃を受けたのだ。魔術障壁の周辺が燃えているのも怪物のせいだ。なにもかも怪物のせいだ。そしてフーディは確かな実力を持っているからこそ分かる。

サブローと怪物の力量差は、赤子と象より明白だ！

ふいに背中を叩かれた。

瞬間に悲鳴を上げなかったのは単に息を吐き出したタイミングだったからだ。もしも肺臓《はいぞう》に空気が溜まっていたならばフーディはみっともなく叫んでいただろう。そして怪物に気がつかれていただろう。殺されていただろう。死んでいただろう。

振り返れば、自分の背中を叩いたのはププムルだった。

そして……フーディは狭窄《きょうさく》していた視野を戻していく。恐怖によって回ることを拒絶していた脳味噌をゆっくりと回転させていく。魔術障壁に囲まれた自分たちは死屍累累《ししるいるい》の有様だった。しかし徐々にププムルの他にも意識を取り戻す者が増えていた。

誰も言葉を発さない。誰も喜ばない。誰も気配を滲ませない。

全員――気がついている。怪物に気がつかれてはいけないと。意識を向けられてはいけないと。あれには関わってはいけないのだと。触れてはいけないのだと。

「なんか調子乗ってない？　サブロー。さっきからサダレを挑発するようなことばっかり言ってさー！　言っておくけど、サダレにとっては全部ウォーミングアップだからね？」

「まあ、分かる分かる。さっきと同じ言い訳ね。うんうん。したくなる気持ちはよく分かる」

「うわっ、てきとー！　むかつく！　てか言い訳じゃないし！」

「でも、僕もウォーミングアップといえばウォーミングアップだよ。まだまだこれからさ」

「えー、嘘つきー。ボロボロじゃーん。死にかけじゃーん」

と。

「まあ、傷つくのも僕の役目みたいなところはあるし、ね」

瞬間。

さりげなく。

自然に。

目が、合う。

サブローの澄《す》んだ瞳が――フーディの瞳と、交錯する。


『逃げろ！』


一瞬。

サブローはすぐに視線を戻す。

――フーディの肌が、急速に粟立《あわだ》っていく。

心臓が跳ねた。

血管が膨らむ。

いまの感覚はなにか。

いまの言葉はなにか。

サブローと目が合った瞬間にフーディの脳裏に浮かんだのは『逃げろ！』という強い言葉だった。それは一体どこから浮かんだ言葉なのか。自分の弱さが生んだ都合の良い妄想の言葉なのか……？　それとも。

「ところで君は魔人っていう存在だろう？」

「うん。それがどうかしたの？」

「いや、人っていう文字がついているからさ。どうせ人の真似事をするっていうなら、せめて羞恥心《しゅうちしん》みたいなものも身につけた方がいい。服とか着られないの？」

「むっ。てか真似事ってなに？　なにさ？　ねー。サダレは別に人間の真似事なんてしてないんですけど？　むしろ人間側が真似してるんじゃない？　ねー？」

「それは暴論っていうものだね。ていうか、なんでもいいから服を着てほしいな。僕が君の魔術を食らっちゃったのだって、言ってしまえば、目のやり場に困っていたからなんだぜ」

「嘘つき。すけべ。サダレが服を着てようが着ていまいが、結果は同じだよ。でもまー、別にいいけどね。……この身体にはどういう服が似合うかなー？」

まるでお洒落な服屋ではしゃぐ幼い女の子のように怪物——魔人という存在は明るく言う。そして次々に魔術によって服を生み出してはころころと変えていく。

また——サブローがこちらを振り向く。さりげなく。自然に。まるで質の良い手品のように、誰にも悟られることなく。しかしてフーディやプブムルには分かるような仕草で。

交錯する視線の中でサブローの目が鋭さを増した。それは見る者の背筋を自然と伸ばしてしまうような厳しい眼光だった。そうして光る瞳がまたフーディに告げた。言葉を。

『**早く逃げろっ！**』

――いまがチャンスなのだ。いましかないのだ。この魔人は僕に興味を惹かれている。僕を殺すまではきっと僕から意識を逸らさない。だからいまのうちに逃げろ。下りの螺旋階段を探せ。早く探せ。――**早く逃げろ！**

何度も何度も何度もフーディの心臓が大きく跳ねる。

逃げる――そうだ。逃げなければ。生きなければ……！　サブローの言葉は気のせいではない。目は口ほどにものを語る。まさにその諺《ことわざ》の通りにサブローは目で語ったのだ。常人では考えられないほどに発達した目で語ってみせたのだ。逃げろと。

フーディはまた視線を自分の後ろに向ける。そこにはププムルがいる。ププムルは。


ププムルは、頬を、濡らしていた。

瞳から頬を伝う涙の雫《しずく》が、唇を掠《かす》めながら、大地に落ちていく。

音も立てず、呼吸すら乱さず、ただただ、ププムルは泣いていた。

そして。

そしてっ。

そして！

なぜ泣いているのか、フーディにはよく分かった。

理解すると同時に自分も感情を抑えることが難しくなった。でも抑えなければならなかった。なぜならフーディは――俺は合同パーティーのリーダーだからっ。リーダーにはリーダーの責任がある。なにより自分自身でみんなに宣告したのだ。第一目標は『生還』であると。ならばその生還のために最善を尽くすべきなのだ！　感情に支配されている場合ではないのだ！　泣いている場合ではないのだっ！

フーディはププムルに囁くようにして指示を出す。この、自分たちを護《まも》っている魔術障壁と同程度の障壁を行使できるか。いや。行使しなければならないのだ。ププムルは無言で頷く。

それからのやりとりはすべて言葉は発さない。音もなるべく立てない。

意識を取り戻している仲間もいれば取り戻していない仲間もいる。既にもう役割分担などと言ってはいられない。【竜虎の流星《ダブルスター・ダスト》】の中で魔術を囓《かじ》っている人間が【虹色の定理《ラスト・パズル》】の張る魔術障壁を手伝う。そして【虹色の定理《ラスト・パズル》】でマナ欠乏を起こした人間が【竜虎の流星《ダブルスター・ダスト》】で未だ気絶状態の人間を背負って這う。

這って、進む。

焼けた草原はピクシーが使うような細かな魔術によって熱を取り払っていく。それに、火傷をしたところでなんだというのだ？　傷を負ったところでなんだというのだ？　クソ食らえだ！　無傷など！　無傷でありたいという望みなど！

サブローの傷を見ておいて、望めるはずがないのだ。無傷でありたいなど。

サブローを除いた合同パーティーは手を取り合って進む。サブローの意思の通りに進む。――早く逃げろ！　フーディの頭で何度も何度もサブローの言葉が反芻《はんすう》される。早く逃げろ！　決して魔人に気がつかれてはならない。サブローの意思を無下《むげ》にしてはいけない。なにより無駄にしてはならない。サブローの、犠牲を……。

犠牲を……っ！

這いながら視界が滲む。フーディはまた振り返りたくなる。サブローを。そして確認したくなる。サブローが助けを求めてはいないのか。本当は助けを求めているんじゃないのか。本当は……いや。分かっている。それこそ確実に分かっている。あり得ないと。フーディには分かっている。

サブローは望んでいない。願ってもいない。祈ってもいない！

サブローは自分の命など顧《かえり》みてはいない！

振り返ったところで、サブローはもうフーディたちを見てはいないだろう。逃げているのならばそれで良いと喜んでいることだろう。そして本当に喜びながらサブローは犠牲になろうとしている。自分の命と引き換えにフーディたちを護ろうとしている。

　ププムルの涙の理由がよく分かる。フーディは言いながら自分の目元を拭って思う。一体これでなにが勇者だ？　一体この姿のなにが勇者なんだ？　本当の勇者とはサブローを指すのだ。勇者という称号が相応しいのは、この場においてただ1人だけなのだ。

　サブローだけなのだ。

　傷つき、満身創痍のサブローを囮《おとり》のようにして、自分たちは情けなく逃げることしかできない。……これでいいのか？　これが正しいのか？　これが勇者の有様なのか？　俺たちは一体なんなんだ？　俺たちは勇者じゃないのか？　俺は勇者じゃないのか？　勇者はこんなにも醜いものなのか？　こんなにも情けないものなのか？　こんなにも惨めなのか。こんなにも……こんなにもっ！

　勝てない相手から逃げる。

　死にたくないから逃げる。

　1人の仲間を置いて、逃げる。

「あー。見て。この服どう？　これ似合うよね？　サダレによく似合うと思うんだよね、ふふ」

　びくりと。

　背後で聞こえる魔人のなんでもない言葉にさえフーディたちは硬直してしまう。恐怖で凍りついてしまう。それでもその言葉が自分たちに向けられていないと理解してまた進み出す。また這って魔人から距離を取る。そうして戻りの螺旋階段を探す。

「ところでさー、サダレからも質問、いい？　第3ラウンドの前にー」

「？　もちろん、いいよ。まあ正直に答えてあげるかどうかは分からないけど」

「勇者って、なに？」

「勇者？」

「うん。勇者ってなんなの？」

「……いきなりどうしたんだよ」

「んー。ふふ。なんで訊くと思う？　んふふ。……これはね、サブローに聞いてるからね。ふふ。ねー、答えてよ。勇者ってなんなの？」

その言葉はサブローに向けられている。

それでもフーディとププムルは動きを止めてしまった。

「……難しい質問だ。定義は簡単だけどね。前提条件を達成した上で【勇者の試練】に合格したら、勇者だ」

「でもサブロー弱いじゃん。避けるのは上手いけど、ぜんぜん攻撃してこないし。弱いのにさ、なんで勇者できてるの？」

「まあ。なんでだろうな。……難しいけど、結局のところ、前を向けていればいいのかも」

「？　どういうこと？」

「……情けなくて、みっともなくて、弱くて。何度諦めたか分からないし。何度も逃げたことだってあるけど。……時間が経ったあとに、必ず前を向いているからさ。僕は」

——這う。

這う。

這う。

情けなく、みっともなく、弱く。フーディたちは這う。這って進む。這って螺旋階段を探す。

「？　もっとサダレにも分かるように言ってよ」

「——諦める。逃げる。弱音を吐く。もうどうだっていいって自棄《やけ》にもなる。涙だって流す。でも時間が経ったら、また立ち上がって、前を向く」

やがてフーディたちは見つける。

戻りの螺旋階段を。

情けない涙で、歪んだ視界で。

「**いまは逃げてもいい。でも未来に、必ず立ち上がる。それを続けていけば**——**真の勇者さ**」

そして上りの螺旋階段とは逆巻きの階段を抜けて——フーディたちは1階層に生還した。

◆◇◆◇◆

僕は見ずとも気がついていた。

フーディくんたちがちゃんと戻りの螺旋階段で帰ったことを。生還したことを。……僕は目を擦る。視界はついさっきから霞《かす》みつつあった。ピントの合わない感覚も増えてきていた。明らかに眼球の表面が乾いていく感覚もあった。なにより目の奥に痛みがある。搏動《はくどう》に合わせてフォークの先で突いてくるような痛みが。

「？　どしたのサブロー。お目々が痛いの？　それともサダレの格好に見惚れちゃった？　んふふ。どう？　似合ってる？」

天真爛漫にサダレは言う。さっきまで僕を殺そうとしていた奴の声音とは思えない明るさで。容赦なく魔術を発動していた奴の台詞《せりふ》とも思えない陽気さで。一体どういう気持ちで僕に言っているのだろう？　サダレは。

僕にはサダレが分からない。

でも1つだけ確実に分かっていることがある。……結局のところ、これは遊びだ。サダレにとっての遊びだ。サダレはきっと本気を出していない。真剣でもない。真面目でもない。遊び

――本当にダンスするみたいな気持ちなのだろう。いままでのすべて。

「ねー？　聞いてる？　サブロー。これどう？　似合ってる？　中華っていう地方の民族衣装だよ？　知ってる？　ねー。足に大胆にスリット入ってて可愛くない？　ねー」

その赤を基調とした衣装はサダレという肉体にはよく似合っていた。サダレの言う通りの民族衣装らしく僕は見たことがなかった。それでも説明の通りにスカート状の丈に大胆に切れ目が入っている。そうして足の根元までが剥き出しになっている。

何度も何度も「ねー？」と訊いてくるサダレに僕は答えない。それは無意識な時間稼ぎ……だったけれどももう必要ないのか。僕はすこし自嘲するように思う。もう僕が果たすべき責任は果たした。フーディくんたちは逃げることに成功したのだから。

僕は言う。

「似合ってるよ、凄く」

「やっぱりー？　だよねだよねっ。サダレも我ながら可愛さ自覚してるよー。ふふ。んふふ。ねー、ところでサブロー、知ってる？　中華っていう地方では、魔術とかより拳法《けんぽう》の方が有名なんだよ？」

「へえ。いや。実を言うと、僕はあんまり詳しくないんだよ。その中華？　っていう地方に関しても、僕の知識にはない。教えてくれないかな」

「んー。サダレが思い出せたらいいよ。まだサダレも曖昧なんだよねー。身体の調整もちょっとぎこちないし……。うん。次はマナの扱いじゃなくて身体にしよっかな！」

「身体に、ね」

「うん。身体にっ」

サダレの瞳が妖しく光る。それは無力な獲物を見つけた蛇の眼光にも似ている。

血よりも赤く長い舌が、その唇をぺろりと舐めた。

……ああ。

そして僕は。

そして僕は自覚する。目的を達したがゆえに弛緩していく身体と精神で自覚する。……すこしだけ諦めかけていることを。すこしだけ自分の命を諦めかけていることを。……身体はもう動きたくないと言っている。痛む全身が悲鳴を上げて「頼むからもう無茶な動きをしないでくれ」と叫んでいる。左腕は死んでしまってものを言わない。傷ついた両足はすこし重心を移しただけでピキピキと軋んで痛む。脳味噌も疲弊《ひへい》してしまって思考を放棄したがっている。

役割は果たした。

目の前の魔人には、決して敵わない。

ああ。

誰か、教えてくれないか。

誰か、示してくれないか。

これ以上に頑張る理由はあるのか。これ以上に苦しむ理由はあるのか。これ以上に戦う理由はあるのか。理由。理由。理由。でも、なにより僕自身が一番に理由を知っている。答えを知っている。

「サダレ」

「なーに？」

「絶望の乗り越え方を知っているか？」

「えー？　分かんない。サダレ、絶望なんてしたことないしー」

「希望だよ」

「えー。んふふ。なにそれ、クサいねー。ありきたりだしさー。ひねりがないよ！」

僕は、微笑む。

「サダレ。僕は花が好きだ」

「……？　いきなりなに言ってるの？」

「でも別に、花そのものが好きなわけじゃないんだ」

「？　よく分かんない。どういうこと？　また時間稼ぎ？」

「花を咲かせる。その行為が好きなんだよ」

「難しいのはよく分かんない。そろそろ、いくね？」

「あとは、芽吹《めぶ》くのを待つだけだ」

「綺麗に踊ってね？　サブロー」


――師匠は、昔、言っていた。


「少年。きみは花をちゃんと咲かせられる大人になりなさい」

「いきなりなに言ってるんですか？　師匠」

14歳。夏の終わり。夕暮れどき。

長期休暇を利用してキサラギ師匠を訪ねていた僕はいつものようにボコボコにされて平原に倒れ伏していた。でも気分はそんなに悪いものじゃなかった。久しぶりの修行だから楽しんでいるようなところが僕にはあった。

仰向けに寝た視界の果てには夕暮れがあった。太陽は遠い山の稜線の向こう側に沈みつつあった。空の色は赤ではなく、夜の気配を匂わせる群青。それでも雲だけはまだ赤く染まって自分の存在をこれでもかと主張していた。

師匠は言う。僕の視界には入らず、声だけを響かせる。

「私の言葉は私の言葉の通りに受け取りなさい、少年。きみは花をちゃんと咲かせられる大人になりなさい」

「……趣味としてガーデニングでもしろってことですか。大人になったら」

「ふふ。私がそういう意味で言うと思うのかい。だとしたら信頼関係の構築がうまくいってない証左だね。あぁ。今日は満天の星空になりそうだ。まだまだ修行は続けられそうだ」

「別にそれはいいですけど。……師匠、いろいろと回りくどいんですよ。いつも」

「ふむ。……つまりは、いつでも花を咲かせられるように動きなさい。ということだよ」

「ぜんぜん分かんない」

僕はくたびれすぎていてどうでもよかった。もはや考えることを放棄していた。それも仕方がない。まだ僕は14歳だったのだ。少年といっても差し支えない年齢だったのだ。朝から夕暮れまでの稽古で肉体と精神と思考を疲弊させていたのだ。だから僕は大の字で横たわったまま目を瞑る。

自分の近くに寄ってくる師匠の気配だけに意識を向けた。たぶん師匠は苦笑を浮かべていたことだろう。そのまま師匠の気配は僕の足下で止まった。次いでくすぐったい感触が太ももを襲う。……そのくすぐったさはすぐに快感に変わっていく。

「ぁ～」

「まったく。私をなんだと思っているんだい、少年は」

「師匠は師匠」

　1日の終わりのマッサージ。それは朝に必ず行う柔軟体操のように日課でもあった。特に師匠との修行がある日は師匠がマッサージしてくれるから至福だ。自分でやるマッサージよりも何倍も何十倍も心地がいい。それはたぶん師匠がなんらかの魔術を発動させている影響もあるのだろう。

　そして僕は師匠にマッサージをさせながら言う。

「いつも花の種を持ち運んでおけってことですか？　それで蒔《ま》けるところには蒔けって？　なんか変態ちっくじゃないですか、それ。将来は近所で有名なおじさんになりそう」

「ふぅむ。きみ、わざと答えを外しているだろう。お仕置きだね」

「ぁー、ぁあっぁあああっ！　痛い痛い痛い痛いっ！　冗談冗談冗談！　冗談です師匠っ！」

「花は素晴らしい結果を指して言う。ならば種とはなんだい？　少年。答えなさい」

「えぇぇえっとぉ！　……結果なら過程！　過程！　種は過程！」

「惜しい。すこし違う。結果に対する過程とは、具体的にはなんだい？」

「つ、——可能性！　可能性！　可能性ぃいいっ！」

「正解」

締めつけるような痛みから、甘く溶けるような快感へ。

僕は自分の下半身を襲う刺激の変化に戸惑いながら涙を拭く。まったく。普通に泣かすまで痛めつけるとかアリなのか？　……アリなのだろう。師匠は常識人ぶっているけれど頭のネジが飛んでいる。

可能性。

素晴らしい結果。

種。

花。

けれど答えが分かったところで実践が難しいのはいつものことだった。頭では分かっていようとも行動は難しい。それに当時14歳の子供に過ぎなかった僕に可能性の種を蒔くなんていう行為は頓知《とんち》にも程があった。なんだそれ？　具体的にはどうすればいいのか？　どうすれば花を蒔く行為になるのか？　そして花を咲かせられるのか？　まるで分からない。

それに師匠は言葉を投げるだけで、やり方を教えてくれるわけでもない。

ということで僕はそれから18歳——勇者になるまで可能性の種なんてものを意識したことはなかった。意識せずとも普通に苦労なく生きていけていた。なんなら勇者になって最初のうちも大丈夫だった。【原初の家族《ファースト・ファミリア》】はみんなが強い。僕の出る幕はない。僕が種を蒔かずとも勝手には花は咲く。

でも。

どうしようもない危機。僕がなんとかしなければならない修羅場。生き死にを懸けた場面が増えるたび、僕は僕自身のために種を蒔かなければならなかった。

そして。


——肉薄する魔人サダレの表情は凶相に染められている。


加速し踏み込まれた右足が僕の股の間に突き刺さる。その瞬間に僕は重心を後ろに倒している——もっと速く後ろに倒れろ！　倒れろ！　倒れろ！　祈る間にサダレの腰が捻られる。バネの作用。音速で突き出された拳は——すんでのところで僕の鼻っ面《つら》すれすれを掠めた。しかし。

風圧が僕の身体を地面に叩きつけた。頭が大きくバウンドする。脳味噌が揺れる。視界が眩《くら》む。熱い粘り気が頭皮を撫でていく。流血か。と認識する暇もなく、僕はサダレの踏み込んだ軸足に両足を絡ませた。そのまま膝関節を押し込み——かくん、と。追撃しようとしていたサダレの身体が重心を失って崩れる。その隙に、今度は反対。サダレの膝の皿を思い切り蹴り飛ばし、その勢いで滑りながら僕はサダレから距離を取った。

起き上がる。

肩が、上下する。

呼吸が、苦しい。

痛みも、激しい。

僕はサバイバルポーチに手を突っ込む。薬草を扱う医者が調合した、痛み止めの錠剤。数なんて数えることもなく適当に取り出して咀嚼《そしゃく》して飲み込んだ。

サダレは「ふぅ」と息を吐いて笑う。汗すらかいていない。呼吸も一切乱れていない。

「ふふ。さっきよりも動きが鈍くない？　サブロー」

「……そうかな」

「うん。疲れてるように見えちゃうな。気、抜けちゃったの？　逃がすことに成功したから」

サダレは意地悪に微笑む。なにか僕のリアクションを期待するように上目遣いに捉えてくる。

それでも僕はなんの反応も返さない。見抜かれているというのは予想の範疇《はんちゅう》だ。驚くようなことでもなければ、取り乱すようなことでもない。

「……むぅ。無反応なの生意気ー」

「予想していたからね。……手のひらの上だよ、サダレなんて」

「ふぅん。でも、サダレは気がついてるよ？　サブローの、変化」

「動きが鈍いって言いたいんだろ」

「ううん。……もう、微笑んでない」

サダレが動く。

僕は合わせる。

拳闘は続く。

「笑ってよ、サブロー。もう笑えないの？　微笑みなよ。ねえ。ほら。余裕ぶりなよっ！」

僕は引きつる全身を躍動させる。もう限界だと泣いている両足を意思の力だけで動かして間合いを取る。もう操られることを拒絶している腕を叱咤《しった》して動かしサダレの攻撃を受け流す。もう白く霞んでほとんどなにも見えていない目でサダレの予備動作を感じ取る。――痛みと疲れと怠さ。身体中の皮膚も筋肉も脂肪も血管も骨も、なにもかもが震えている。

僕は、踊り続ける。

サダレの拳と蹴りは――当たれば死ぬ。文句なし。先ほどまでの魔術とは違う。すこし掠ってても傷つく程度で済んでいたのとは違う。左腕を犠牲にしてなんとか耐えた炎の流星群とも違う。当たれば死ぬ。確実に死ぬ。

一撃一撃が、必殺。

必殺の乱舞。

「はあ。……サブローはさ、避けるのが上手いよね」

「……」

「でも、納得いかないな、サダレは」

「……」

「なんで避けるのが上手いだけで勇者なのさ？　勇者を名乗れるのさ？」

苛立ち。

僕はサダレの言葉から苛立ちを感じ取る。あるいはそれは言葉からではなく態度からかもしれない。醸し出されている闘気からかもしれない。——夕焼けよりも朱い、苛立ち。

唐突だった。もしかするとなにか昔の記憶でも思い出したのかもしれない。なにかしらこれまでの攻防によって触発されたものがあるのかもしれない。

「さっきのも詭弁《きべん》だよね、サブロー。いまは逃げても未来に立ち上がればいいとかなんとか。詭弁にも程があるとサダレは思うな。そんなの、勇者っぽくないよ」

「………随分と、勇者に、執着が、あるようで」

「**ライバル**だからね。サダレにとっては。強くないと、歯ごたえがなくてつまんない！」

「……ライバルね」

「ねえ、サブロー」

「ああ」

「サダレを失望させないで」

苛立ちから、寂しさへ。

まったくころころと感情が変わる。やっぱり子供なんだろう。まだ成熟はしていないのだろう。ああ。もしかするとサダレという魔人は永遠に成熟しないままなのかもしれない。

呼吸すら面倒になっている肺臓を強引に膨らませ、僕は言う。

「安心してくれていいよ、サダレ。まだ僕は、これっぽっちも本気を出しちゃいないんだ」

「嘘つき。嘘は嫌いだな、サダレ」

「嘘じゃないぜ」

「嘘だよ。そんなボロボロの癖してさ」

「なにせ僕は勇者である以前に――リーダーなんだ」

こてん、と。

首を傾げたサダレに、僕は胸を張って言う。

「仲間がいて初めて本気を見せられる。僕はリーダーだ。だから、いまのうちだぜ。僕をいまのうちに殺しておかないと――君は、必ず後悔する」

◆◇◆◇◆

死にかけの虫。

魔人サダレにとって目の前で強がる人間は、死にかけの虫にしか見えなかった。

満身創痍。痛々しい火傷の痕。さらに新しい傷によって足下には血が垂れ、深い緑の草を赤黒く染めている。まさに散り際の虫に等しい。薄く透明な羽根をもがれた虫。じたばたと藻掻くための細い細い足をもぎ取られた虫。地面に仰向けに倒れて自由に動くこともできず、もうあと数時間も生きてはいられないだろう虫。……虫だ。

死にかけの虫だ。その死にかけの虫が言う。まだ本気を出していないと。

戯れ言にも程がある。その虫じみた肉体でなにを抜かすのか。なにを強がっているのか。

……もしもこれが興味の湧かないただの人間であれば、サダレは遊ぶことなく殺していただろう。果実を摘むような気軽さで虫の命を散らしていただろう。

サブロー。

名前を知る興味が湧いたのはなぜだろう？

そもそも——目を覚ました直後に感知したのは偉大なる主の気配と——領域に足を踏み入れている異物の気配だった。そしてサダレは朝に散歩でも行くような気軽さで異物を見に行った。異物はすぐに見つかった。けれど同時につまらぬものでもあった。

なぜなら既にすべての虫が倒れ伏していたから。

と、思っていたのだが1匹。1匹だけ生き延びている虫がいた。……とはいえ虫は虫だ。力はまるで感じない。なにか運が作用して生き延びているのだろうと思った。ゆえにすぐに散らすつもりだったのだが……。

満身創痍ながらもここまで生き延びている、虫。

サダレの繰り出す拳撃《けんげき》をひらりひらりとサブローは躱す。それがなぜだか嬉しい。簡単に死なないのが嬉しい。いつも……いつも？　いつもってなんだろう？　踊りながらサダレは首を傾げた。遙か昔の記憶と混同しているのだろうか。**ここは違う世界の記憶と混同しているのか**。

サダレのハイキックがサブローの顎の下を抜ける。代わりにサブローの足がサダレの軸足を払ってくる。それをぴょんと跳ねてサダレは躱す。けれど浮いた身体にサブローが身を寄せ——両手でとん、と気軽に押された。サダレの身体が崩れる——わけがない。空中でくるりと回転して体勢を整え——そのまま浮きながら拳を振るう。けれどこれも距離を取られて躱される。

虫にしては、上等。

一息つく。そうして落ち着いてから、お互いにお互いを観察する。お互いに視線と視線を交錯させて、まるで睦言《むつごと》を交わし合ったあとの男女のように視線だけで相手を気遣う。

サブローは、傷ついている。

拳は当たらなかった。しかし拳が発する衝撃波までも避けているわけではなかった。蹴りも直撃こそしなかった。けれどもやはり皮膚のすれすれを掠めてサブローの肉体を傷つけていた。その皮膚を切っていた。血管を切っていた。血を流させていた。

どんな世間知らずの幼子にも分かるだろう。

終わりは、近いと。

「サダレさ、勇者っていいなって思うんだ」

「……いきなりどうしたんだよ」

「勇者って、脆弱《ぜいじゃく》な人間の癖してさ、人間にあるまじき強さを持っていてさー」

「……勇者ってのを知ってるんだ？　サダレは」

「昔は鎬《しのぎ》を削った仲だしね？　強かったなぁ。ライバルだったなぁ。あのときの勇者たちは」

遠い遠い昔の話。ここは違う世界の話。……勇者は強かった。まごうことなき勇者だった。

そんな勇者にサダレは憧れた。強きライバルとして認めていた。他の人間という名の虫たちとは一線を画《かく》す。ああ。昔の肉体はよく勇者たちによってボロボロにされたものだ。まるでいまのサブローのように。けれどそのたびにサダレは強くなっていった。強く——強く強く強く強くっ。勇者よりも強く！

いま一度、サダレは勇者を名乗るサブローを見る。……これが勇者？　避けるのは上手い。けれどまったく攻撃はしてこない。しかも避けたようでいて、すべてを避けきれてはいない。

これがかつての勇者たちだったならばどうだ？　もちろんサダレの舞踏を避けきることはできなかっただろう。拳撃は当たっていた。蹴りも直撃していた。それでも反撃があったはずだ。なにより風圧や衝撃波などで傷ついたりもしていなかったはずだ。

「サブローはさ、勇者なんだよね？　そう言ってたよね？　でもね、サダレからしてみればね、虫なんだよ」

「……虫ねぇ」

「サブローは虫。散り際の虫。死にかけの虫。……まだ本気を出していないっていうなら、早く本気を出してほしいんだけど？　サダレ、そろそろ飽きちゃうよ」

「さっきも言ったけど、仲間がいないと僕は本気を出せないんだ」

「なにそれ？　サダレの知っている勇者はね、孤独なんだよ。仲間を率いているけど、でも実際には孤独なの。サダレには分かる。勇者ほどの強さを持っている人間は、他にいないからさ。

そりゃあ孤独になっちゃうのも頷けるっていうか当然っていうか」

「仲間と支え合ってこその勇者だと、僕は思うけどな」

「そんなの勇者じゃない。光に群れる虫と、同じじゃん」

――もう、いいや。

サダレはどこか諦めを抱いて思う。失望を抱いて思う。もういい。もういいや。すこしは遊べる相手だと思った。すこしは興味を抱いた。名前を知った。でもいい。虫だ。虫のまま変わらない。サダレの好きな勇者とは違う。

殺そう。

そしてサダレの目つきが変わった瞬間――サブローは、呟いた。

「ようやくだね」

「？　なにが？」

「種」

「たね？」

「芽吹いた」

気配が、次第に、変わっていく。

勇者を名乗る虫の――虫であるはずのサブローの気配が、変わる。

サブローは、さらに唄うように、囁いた。
「花が、咲くよ」
刹那、
風が吹き、
音が消えた。
「――おいで。ララウェイちゃん」
瞬間背後からの強襲がサダレの右腕をもぎ取った。

◆◇◆◇◆

「悪いサブロー。遅くなってしまったな」

「本当だよ、まったくさ」

僕は軽く言って笑う。けれど本当に上手く笑えているかは分からない。視界にはずっと白い膜が張っている。ララウェイちゃんの表情も曖昧だ。そして何度も目を擦るけれど膜は取れない。……僕は対処法として極限に目を細めて眉間に皺を寄せる。そしてようやくララウェイちゃんを捉える。……ララウェイちゃんがサダレからもぎ取った右腕も。

「ダンジョンに湧いている魔物の処理に時間が掛かった」

「……ああ。なるほどね。ありがとう」

魔物が湧かないという違和感の原因はサダレにあると思ったけれど違ったのか。ララウェイちゃんが魔物を処理してくれてたのか。……心の底から感謝だな。もしもサダレの他に魔物までいたら僕たちはそもそも生きてはいなかった。サダレと対峙する前に消耗していたはずだ。そして僕も目をいま以上に酷使して、そもそもサダレとの舞踏を避けきることはできなかった。

持つべき者は友だな。

「それより身体は大丈夫なのか。我にできることはあるか？」

「もちろん。やってもらわなくちゃいけないことは多いよ。ララウェイちゃん」

僕とララウェイちゃんの視線は、サダレに転じられる。

サダレはぽかんと間抜けな表情で自分の右肩を見ていた。腕がもぎ取られて随分と軽そうになった右肩を見ていた。そこから噴水のように噴き出ている自分の血を見ていた。……血は噴き出て噴き出て止まらない。たぶん人間であれば余裕で失血死のラインを越えているだろう。

サダレは自分の血を間抜けに見つめている。まるで珍しい蝶々でも目で追っているかのように。

やがて。

やっとサダレは血を止める気になったようだ。そして止めるのは一瞬だった。「ふんっ」とすこし気張るような声を出したら次の瞬間には血が止まっている。そして——まるで木の根が土中に伸びていくかのように腕が再生していく。にょきにょきと。

サダレは生えた自分の腕を確かめるように動かしてからラウェイちゃんを向いた。

「ね。あなた、吸血鬼だよね。魔族だよねー？　なんで人間の味方してるの？」

「友達だからだ」

「……？　言っておくけどサダレ、裏切り者には容赦しないからね。普通に殺すよ？」

「ところで、貴様の血は不味《まず》いな」

ララウェイちゃんは苦虫を噛み潰すように言って、サダレの右腕を放り捨てた。

言い訳不要の挑発である。

そしてサダレは怒る……かと思ったけれど怒らない。直情的にはならない。子供の精神ゆえの短絡さが現れるかと思ったがそこまで単純でもないようだ。

さて。

ララウェイちゃんという強者がもたらしてくれる安心感ゆえか。どことなく僕も余裕を取り戻していく。いままでの死の淵にいたという実感も薄れていく。そして僕は息を吸い、吐く。

鎮痛剤のお陰で全身の痛みはいくらかマシになっていた。左腕は相変わらず酷いけれど。

「ねえ。友達に頼る。それがサブローの言っている本気なの？　……だとしたら拍子抜けもいいところだよ。本当に失望しちゃうな」

「誰かを頼るっていうのは、そんなに悪いことじゃないと思うけどね」

「がっかり、って感じ。……所詮《しょせん》は人間だね。そんなので勇者なんて名乗らないでほしいな」

「サダレには頼れる誰かがいないのか？」

「？　頼るって、なにそれ。意味ないじゃん。1人でできることを2人でやる理由ってなに？　サダレは1人でも強いし、サブローとはぜんぜん違うんだよ。なにもかも違うんだよ」

「ちなみに」

と僕はサダレの言葉を遮るように言う。実を言うと僕は、もうすこしだけ時間を稼ぎたい。あともうすこし。ほんのすこし。ちょっとの間だけ。

サダレがすこし小首を傾げる。僕は言う。

「持つべき者は友であり、仲間なんだ。この意味が分かるか？」

「だから友達に頼るってことでしょ？　その吸血鬼に頼るってことでしょ？」

「半分正解で、半分は不正解だ」

「はあ？」

「ララウェイちゃんは、友達だ」

「？　なにが言いたいの」

「仲間は、また別にいる」

――異様な気配が表出する。

それはサダレの奥にある。最初に僕が気がつく。次いでサダレとラウェイちゃんが気がつく。３人分の視線が暗い森の奥へと向かう。木立の隙間へと向かう。光虫の飛び交う先へと向かう。そして、僕だけが気がついている。

気配の正体に。

思わず背筋を凍りつかせてしまう不気味な気配は悪逆の気配に他ならない。色に喩えるのならば文句なしの黒。悪の黒。

生首。

森を歩いてくる彼が手に持っているのは生首である。

そして僕はその生首を見たことがあった。つい最近。というよりつい数時間前に。ダンジョンの扉を抜ける前に。

――【大罪の悪魔】の、生首。

やはり、持つべき者は友であり仲間だな。

長身痩躯のスキンヘッド――悪逆のギャングに、僕はいつもの調子で言った。

「遅いぜドラゴン。死にかけになっちゃったじゃないか」

「悪い、待たせた。で？　俺の敵はどいつだ」

落ちくぼんだ眼窩《がんか》に嵌《は》まっている眼球は悪逆の男とは思えないほど澄んでいる。まったく濁っていない。でもそれは悪逆ゆえに澄んでいて綺麗で透明なのだと僕には分かっている。ドラゴンにしてみれば世界は単純明快だろう。自分が傷つけるものと傷つけないもの。たった2つに分けて考えればいいのだから。余計なものを捉えなくていいのだから。

ドラゴンは『暴力』という名の、唯一無二の倒錯した正義を持っている。

気楽に寄ってくるドラゴンの目には僕以外の誰も映ってはいないようだった。ドラゴンは言う。

「随分とズタボロじゃねえか。サブロー。よく生きてたな」

「まあね」

「で、早く答えろよ。どっちだ？　どっちを殺《や》ればいい」

「あっち」

僕が指さすのは、もちろんサダレの方である。

……サダレはララウェイちゃんに右腕をもぎ取られたときよりも唖然としていた。呆然《ぼうぜん》としていた。まったくもって現状を理解できていない表情で立ち尽くしていた。

ドラゴンの眼光がサダレへと向く。

「強そうじゃねえか」

「強いよ。地獄的に」

「そうか。なら、良い」

ドラゴンの両の口角がじわじわと上がっていく。それは本当に嬉しそうなときにドラゴンが浮かべる表情だ。僕たちの馴染みである駄菓子屋でよく浮かべていたときの表情と変わらない。

「で？　サブロー。こいつはなんだ？　こいつも敵か？」

次にドラゴンが見るのはララウェイちゃんだった。僕は苦笑しつつ答える。

「いや、味方。僕の友達だよ」

「吸血鬼だろ？　こいつ」

「そうだよ。でも、僕の友達だ」

「……味方なのか」

「味方だよ」

「そうか」

ドラゴンは興味を失ったようにララウェイちゃんから視線を外す。……するとどこか拍子抜けするのはララウェイちゃんの方である。「え、それで我とのやりとりは終わり？」とララウエイちゃんの表情が物語っている。だが終わりだ。ドラゴンとはこういう奴だ。

味方よりも敵に興味が湧く。それがドラゴンという悪逆の男の性質なのだ。

ところでサダレはようやく口を閉じることに成功したようだ。そして不愉快そうにドラゴンと顔を見合わせる。

「なにこの人間。なんかちょっとキモい。サブローの仲間？　勇者の仲間って感じじゃなくない？　ってサダレは思うけどなー。すくなくともサダレの知ってる仲間じゃないよ」

「誰がなんと言おうと僕の仲間だよ」

「おい。おまえ、そこのサダレとかいう奴。こいつを知ってるか？」

僕とサダレのやりとりなんてお構いなしにドラゴンは言う。そして彼がおもむろに持ち上げるのは【大罪の悪魔】の生首である。……断末魔の表情は凄絶な戦いの終焉を表現している。

一体なにがあったのか。なにがどうして【大罪の悪魔】の生首をドラゴンが持っているのか。

……戦ったのだろう。そしてドラゴンが勝った。それだけは確かだ。

「知ってるけど。昔からよくサダレに尽くしてくれていたからね。で？　なに」

「聞いただけだ」

言いながらドラゴンは【大罪の悪魔】の生首を地面に落とす。ぼとり。重い質感の音が鳴る。

生首はすこし跳ねたあとに横を向くような形で静止した。……その様子をサダレは表情を歪めて見る。歯を食いしばっているのがよく分かる。

「おまえ、こいつよりも強そうだな」

「……」

「だが、知ってるか。勝負ってのは強い奴が必ず勝つもんじゃねえんだぜ」

「……」

雰囲気が、次第に、濁っていく。

暗く黒く、濁っていく。

サダレの表情が無に近づいていく。それは僕には見せなかった表情だ。その内側にフロックのように蔓延《はびこ》っている感情はなにか。間違いなく、怒りだろう。殺意だろう。

しかしそれは僕にとって都合が悪い。

だから僕はドラゴンに言う。

「ところでドラゴン、他のみんなは？」

「……分からねえよ」

水を差されたように感じたのだろうか。ドラゴンの語調は機嫌が悪そうだ。しかし僕は取り合わないし、引きもしない。

なぜならこれは――僕とサダレの戦いだからだ。

「ドラゴン、ダメだよ」

「……まだ、なにも言ってねえだろ」

「あと、600秒ってところかな。違う？」

サダレに向いていたドラゴンの視線が僕に向き直る。そして僕は「すべて分かっている」と伝えるように頷いた。……ドラゴンは【大罪の悪魔】の首を持っていた。それは間違いなくドラゴンが【大罪の悪魔】とタイマンを張ったからだろう。ああ。僕は知っている。ドラゴンはタイマンが好きだ。1対1が好きだ。孤高の性質を持っているだけはある。冒険の最中でもみんなと協力するよりは独りで動いた方が動きのキレが良いなんてこともある。

僕は想像する。王都に迫り来る魔物の軍勢を。そしてそれを打ち破る僕の頼れる仲間たち──【原初の家族《ファースト・ファミリア》】のみんなの奮闘を。ドラゴンは【大罪の悪魔】を引き受けた。ならばスピカたちは？　他の魔物たちを引き受けたに違いない。

僕は──僕は考える。実際に自分が肌で感じた魔物たちの数と質を考える。力量を考える。さらに【原初の家族《ファースト・ファミリア》】の総戦力も考える。そして計算する。時間を。

出てきた秒数が、600。

「スピカたちがここに合流するまで、600秒。そうだろ？　ドラゴン」

「……ああ」

「合流を待つ。タイマンはダメだ。いいね？」

「ああ」

「よろしい」

僕はまた深く頷く。そして今度はサダレに視線を向ける。……サダレは僕たちのやりとりを白《しら》んだ視線で見ていた。これもまた僕の予想通り。先ほどまでの熱を冷ますようにドラゴンに水を向けた甲斐があった。

「にしても、サブロー」

「ん？」

「珍しいな、おまえ。……熱くなってるだろ？」

「……そう見える？」

「見えるぜ」

熱くなってる？　熱くなっているのだろうか？　熱くなっているのかもしれないな。僕は自嘲しながら思う。自分の内面を見つめる。そうすると、確かに熱がある。火種がある。ほっそりと狼煙《のろし》が上がっている。

「ドラゴン。ララウェイちゃん。僕は目を休める。だから、６００秒。……任せるね」

僕はまた痛みを予期してサバイバルポーチから錠剤を取り出し、噛み砕く。飲み干す。

返事は、なかった。
返事など、いらなかった。
——吹き荒れる殺気と衝撃。
僕はそれらが招く結末を見ることなく、腰を下ろして、目を瞑る。
酷使しすぎた眼球と、脳を休める。
そうしながら——カウント。
やがて６００へと至る、カウントが始まる。

◆◇◆◇◆

——気がつけばサブローのペースに飲み込まれていた。ということをサダレはようやく理解した。急激に変わっていく展開と怒濤《どとう》の流れ。右腕をもぎ取られたことすらも遠い過去のことのように思えてしまう。

とはいえ脳に対する刺激はサダレにとって良いものだ。甦ったばかりの脳味噌は絶えず刺激を求めていた。その要求に応えるように……サブローとの舞踏。右腕をもぎ取られた衝撃。さらには【大罪の悪魔】の死——生首。ああ。

身体が羽根のように軽い！

振るう拳は空気にさえ抵抗を受けずに長身痩躯の男に直撃する。振り切った拳はやはり軽い。反動の衝撃すらもない。ただただ吹き飛んでいく男の人影だけがある。しかし、目で追うばかりでは終わらない。慈悲のない追撃。サダレは軽く地を蹴った。それだけで草が抉《えぐ》れた。木の根が断裂した。後方に流れていく景色は時間の超越にも等しい。目の前には吹っ飛んでいる最中《さなか》の男がいる。その男の顔面にさらなる拳――を振るおうとする前に、視界が横に跳ねた。

遅れて衝撃がサダレの身体を襲う。

――愚かなりし、吸血鬼の魔術か。

サダレは吹き飛んだ身体を空中で制御する。そして木の幹に足をくっつけて静止した。まるでサダレ自身が木の枝になってしまったかのように。

見やれば、３本の木々をへし折ってやっと停止した男と、額《ひたい》に汗を滲ませている吸血鬼がいた。さらに視界の奥で、サブローは木々に寄りかかり、座り込んで目を瞑っていた。

――本気を出すって言っておいて、仲間にすべて委《ゆだ》ねているって、どうなんだろう？

やはり勇者らしくない。すくなくともサダレの知っている勇者像とは違う。胸にはこびりついた苛立ちと寂しさがある。せめてまだまだダンスしていてほしい。死ぬと分かっていても勇者らしく意地で踊っていてほしい。むしろ、それでこそ勇者なのではないだろうか。無駄だと分かっていても足掻くのが勇者ではないのか。死ぬと分かっていても踊り続けるのが勇者なのではないのか。座り込んでいないで。仲間にすべてを任せていないで。

どうせ、サダレには勝てないのだから。

サダレは立ち上がりの気配を感じて男と吸血鬼に視線を向ける。……男は拳が当たる直前に自分で身体を浮かかして衝撃を逃がしたらしい。それでも普通なら死んでいるのだけれど。そこはさすがに勇者の仲間か。まあ虫には違いないのだけれど。

サダレにとっては相手がどれだけ強かったとしても人間である限りは虫であることに変わりがなかった。喩えるならばさながらダンゴムシとムカデくらいの違いしかなかった。

「ねえ、吸血鬼」

そしてサダレは吸血鬼に言う。木の幹から足をずらして地面に着地する。下草を踏み潰す。声を掛けたのはなんとなくだ。なんとなく意地悪な気持ちになったのだ。

サダレは吸血鬼という魔族をよく知っている。高貴で高潔。プライドが高く、同族以外とは関わりを持たない。それこそ人間など下等な種族と見下してもいる。それが吸血鬼という種族であり——血というものは抗《あらが》えないものでもあるはずだ。

いくら友達と頭では思い込んでいても、身体はどうだ。魂はどうだ。過去から連綿《れんめん》と受け継がれてきた血脈はどうだ。果たして本当に友達を貫けるのか？　味方でいることを貫けるのか。

「いまならまだ、許してあげるよ？」

威圧は得意だ。脅すのも。

サダレは高位魔族ですら目を背けて逃げ出すであろうドス黒い瘴気を滲ませながら歩く。愚かな吸血鬼に向かって歩き出す。……嘘だ。サダレは心の中で口角を上げる。許すはずがない。殺すに決まっている。けれど殺す前に訊きたい。……心の迷いを。裏切るかもしれない可能性を。必ずしも寝返らなくていい。可能性を滲ませるだけでいい。すこしでも判断が迷えばいい。

そしてその瞬間に、サダレは吸血鬼の首を切り落とす。──ああ。休憩しているサブローはどんなリアクションをするだろう？　仲間に頼る勇者は仲間を喪《うしな》うとどんな表情をするのだろう。

ゆっくりと。ゆっくりと。

サダレは吸血鬼に近づき──甘く、囁いた。

「いまサダレの方につくなら、命だけは助けてあげるよ？」

「友を裏切る命など、要らぬさ」

即答。

目を剥く。

その間隙──まばゆいフラッシュが弾け、サダレの視界を白く灼いた。……もちろんサダレは咄嗟に手を振ってその光の魔術を相殺している。傷はない。だが。

だがっ。

一瞬で沸騰した激情はそのまま魔術へと転換される。視界が元に戻った瞬間に発動するのは黒い渦の奔流だ。それは竜巻のように周囲を吸い込みながら愚かな吸血鬼に迫り——殺す。と思った瞬間には、吸血鬼の身体が男に蹴り飛ばされて魔術を回避している。

「っ、こら貴様ぁ！　我の身体を蹴り飛ばしおったな！　こら！」

「死ぬよりマシだろ」

男は血を吐き出しながら悪態をつく。……そんなにすぐ起き上がれるほど生ぬるい攻撃を仕掛けたつもりはなかったのだが。そもそも血を吐き出しているのだから内臓は潰れているはずだ。なぜに痛む素振りすらも見せないのだろうか？

サダレの口内で舌打ちが弾ける。

先ほどから腹の立つことばかりだ。率直に言って——気持ち悪い。ああそうだ。サダレは自覚する。自分の感情をようやく認める。気持ち悪い。気持ち悪いのだ。なんだかこいつらみんな気持ち悪い。サダレの知っている人間とは違う。サダレの知っている吸血鬼とも違う。

それに、なにより。

サダレは腕をムチのようにしならせて振る。そうして先端の指先から放たれるのは——閃光。それはまるで望遠鏡を貫く太陽光の一線にも似ていた。その閃光が——サブローへ駆けた！

ムカつくのは誰のせいか。

すべてを慈悲なく貫く閃光は――しかし吸血鬼と男に止められる。吸血鬼が閃光に魔術をぶつけて遅延し――その間に男がサブローの身体を抱えるようにして逃げていた。ああ。――なんて。なんてキモいのだ！　キモすぎる！　キモすぎる！　きもいきもいきもいきもいっ！

「それでなにが勇者だっ！」

気づけば、サダレは、叫んでいる。

「そうやって情けなく仲間におんぶにだっこで……自分じゃなにもできない！　避けることしかできない！　時間を稼ぐことしかできないっ！」

かつてライバル視して鎬を削り合い――同時に憧れもした勇者の姿と、サブローを重ねてしまう。しかし重ならない。それはサブローがずれているからだ。

「それのなにが勇者だよっ！」

「これから分かる」

答えるのは、サブローではなかった。

サブローの身体をゆっくりと木の根元に下ろしていく、長身痩躯の虫だった。

「もうじき、おまえは理解する」

血が、また、吐き出される。

「だが、理解したときにはもう遅い」

虫は、凶相を浮かべて宣告する。

「おまえはそのとき、地獄の底に触れている」

◆◇◆◇◆

ドラゴンに身体を下ろされるのを感じる。優しく。優しく。しかしすぐにドラゴンの気配は遠ざかっていく。また音だけが聞こえる。戦闘の音だけが。……僕は見えずとも音だけで大体の戦闘の流れは追えていた。それはドラゴンをよく知っているからだった。ラウェイちゃんをよく知っているからだった。

明らかな劣勢である。ドラゴンとラウェイちゃんが2人がかりでなんとか足下に食らいつくことができている。サダレとは実際に拳を交えたからこそだった。

たぶんもうサダレは遊ぶ気などない。僕たちを殺すつもりだろう。

「――っ、坊主！」

「うるせぇ！」

「死ねっ、死ね死ね死ねぇっ！」

カウント。残り４００。耐えられるだろうか？　耐えてもらうしかない。それに耐えられるかどうかなんて考えても意味がない。なぜなら耐えられなければ死ぬだけだからだ。

「弱い弱い弱いっ！　むかつくむかつくむかつくっ！　ぜんぜん勇者じゃない！　サブローは勇者なんかじゃない！　自分じゃなにもできない！　避けるのが上手いからってなに！　弱い――弱い弱いっ！　キモい！　死んじゃえ！」

目を閉じていても肌に感じる。嵐のように吹き荒れるマナの奔流を。そして展開されていく魔法陣の気配を。ただ僕は信じることしかできない。ドラゴンとラ ラウェイちゃんを。信じるのみ。

なるほどサダレの激情の理由も分かる。どうにもサダレは勇者という存在に執着を抱いているようだから。それがなにに起因しているかは分からないが。ただ、疑問はある。……サダレという存在が本当に魔人なのかという疑問は。

サダレは魔人を名乗ってはいる。しかし……たとえば僕がララウェイちゃんに教えられたのは１２０年前の魔人だ。魔神が復活するのに関わっている魔人という存在だ。

でも――そのとき勇者は存在していなかった。

勇者というのは魔神が討たれたあと――戦争の終結と同時に誕生した。魔神を討って戦争を終わらせた冒険者が勇者という称号を得た。そして勇者という職業も同時に誕生した。だから。

「っ、吸血鬼ぃ！」

「黙れっ！」

「これに耐えられるかな？　まとめて消し炭になっちゃえ」

これまでのサダレとの会話で得た情報では――サダレはもっともっと昔から甦った存在ということにはならないだろうか。かつ、その遙か昔の時代にも勇者という存在がいた？　……いや。しっくりこない。その理由はなにか。

服だ。

中華と呼ばれる地方のものらしい服。いまもその服を着てサダレは踊っている。ドラゴンとラライウェイちゃんを相手に激情を迸《ほとばし》らせながら拳撃を繰り出している。魔術を発動させている。もしもサダレが１２０年よりももっと昔から甦ったとして、あの服のできというのはおかしくはないだろうか。遙か昔にしては洗練されすぎてはいないだろうか。むしろ現代らしいデザインをしてはいないか。

魔人サダレは、何者か。

本当に、過去から甦っただけの存在なのか？

思考が途切れる。

爆発の衝撃がこちらまで響いてくる。次いで地響きが僕のお尻を浮かした。背中をくっつけている木々が怯えるように震えているのが分かった。……僕は自分の眼球に意識を向ける。すこしの休憩でも目というのはちゃんと回復してくれるものだ。特に僕の両目は。

カウントは進む。

そして――僕は目を瞑りながらサバイバルポーチに右手を忍ばせる。腰に巻いたポーチは僕にとっての命綱にも等しい。中にはたくさんのアイテムが入っている。ゆえにポーチは特別製だ。とある国の魔術団に頼んで、特別頑丈に作られている。いままでの戦闘によっても傷つきこそすれ、壊れることはなかった。……僕はゴチャゴチャした中からお目当てのものを見つける。それはざらざらとした質感をしている。形は細くて長い。まさに――木の枝のようだ。

根元はすこしだけ太い。先端にいくほど細くなる。ざらざらした質感は滑り止めの役割を果たしている。流すマナに対する感応もいい。僕のマナに馴染んでいる。もう使い始めて5年近くにもなるから――。

僕はしばらくその棒を右手で撫でたり回したりして時間を潰す。

カウントは終わりに近づく。

僕はこちらに近づいてくる気配にも気がついている。

馴染みの――3人の気配にも。

ふいに戦闘の音が止《や》む。どうやらみんな気がついたらしい。3人の気配に。……僕は想像する。きっとサダレはさらに唖然と間抜けな表情を晒《さら》していることだろう。ドラゴンは「ようやく来たのかよ」という風に頭を掻いているかもしれない。ラウェイちゃんは気まずくしているか。あるいは面倒くさそうにしているか。

僕は目を開ける。

スピカ。

ラズリー。

シラユキ。

僕は立ち上がる。３人は特になにも声を掛けてはこない。状況を理解しているのだろう。そして僕はサバイバルポーチから右手を抜いた。握られているのは細くて長い棒——杖《つえ》だ。

僕は、言う。

「さて。終わりにしよう」

虫が増えたからなんなのだ？

サダレは呆《あき》れと失望の感情を持って眺める。サブローという虫の周りに群がるその他の虫を。

金髪の虫は魔術の素養に優れているようだ。それは見るだけでも窺えるほどの素養であり才能である。とはいえサダレには及ばない。やはり魔人であるサダレには及ばないのだ。

栗色の髪を持つ細身の虫はどうだ？　見て分かるものはなにも感じない。しかしなにかしらの才能に優れているのだろう。実力もあるのだろう。ただそれはこの世界での才能である。この時代の実力である。なにより人間の水準における才能と実力だ。これもまた眼中になし。

黒髪の虫はどうか。もはや観察する気すら起きない。この虫もなにかしらの特性があるのだろう。なにかしら優れた点があるのだろう。けれど、だから、なんだ？　虫は虫だ。

３匹の虫は虫の世界では優秀なのかもしれない。けれど魔人の世界では劣等種なのだ。それは酷《こく》な話ではあるが現実だ。蟻《あり》がいくら大きくとも人間に踏み潰されるのと同じである。そこには種族としての絶対的な差がある。埋められない溝がある。越えることのできない壁がある。

虫が束になったとしても、サダレには敵わない。

サダレの目から光が失われていく。……サダレは期待していた。サブローに期待していた。それは最初のダンスで見事にサブローが踊ってくれたからだった。けれど以降は期待がことごとく打ち砕かれてきた。ゆえにサダレはようやく悟った。期待するだけ無駄なのだと。

もう、サダレの知っている勇者は、いないのだと。

黒髪の虫がサブローに寄り添って介抱するようにしながら、言う。

「サブローくん、これ、舐めて？」

「うん」

「世界樹の洞から採れる蜜だよ。かなり薄めてあるけど……効果はあると思う」

「ありがとう」

なにを話しているのかも興味が湧かない。理解しようとも思わない。どうでもいい……。先ほどまでの激情が嘘のように凪《な》いでいく。どうでもいいという感情が一番に正しい。

金髪の虫が重ねるように言う。

「で？　サブロー。もうすこし時間稼ぎがお望みなら、私が稼ぐけど？」

「無理無理。あれは、無理だよ」

「なによ。私、サブローが頑張れって言うなら頑張れるし……」

「言わない言わない」

「言わないってなによ！」

金髪の虫に対してサブローは取り合わない。そのまま裏切り者の吸血鬼に顔を向ける。

「ラウェイちゃん。ちょっと、遊撃に回ってほしい」

「……遊撃か。我はお役御免か」

「そういうわけじゃないけど、これからは付いてこれなくなると思う」

「……え。もしかしてサブローくん、あれ、するの？」

「するよ」

黒髪の虫が驚いたように目を見開いた。

さらに栗色の虫が不安そうに言う。

「サブロー、無理をしちゃダメだよ」

「無理はしないさ。それに、世界樹の蜜のお陰かな。すこしずつ、回復してきてもいる」

「嘘じゃないだろうね？」

「嘘じゃないさ」

サブローの声が、暗闇に溶け込む。

「あとは、いつもの通りに、終わらせよう」

そして、覚えるのは、違和感。

確かな、違和感。

サダレは感じ取っている。得体の知れない違和感を。許してはならない違和感を。しかし違和感の正体は分からない。まだ分からない。どこに違和感の発生源はあるのか。

「蜜はやっぱり凄いな。……うん。5分くらいかな」

「サブロー、5分でどこまでいけるって考えてるわけ？」

「そりゃもちろん、勝ってもらう」

「おっけい。任せなさい」

「サブローくんが指揮してくれるなら、私たちは考える必要がないもんね」

「つまりは操り人形になればいいわけさ。サブローの操り人形に」

「変な言い方すんじゃねえ。命預けりゃいいんだろ。簡単な話だ」


――まるで、自分たちの勝利を、確信しているような会話。

違和感の正体にようやく気がつく。ああ。生還を当然のこととして虫たちは振る舞っていないか？　やがて気がつく。サダレは虫たちを眺めて思う。その表情に、絶望は浮かんでいない。魔人を前にして、強敵相手に醸し出すような緊張感もない。「俺たちはやってやるんだ！」と、サダレの知っている勇者たちがいつも全面に出していたような、無謀な鼓舞もない。

ひたすら、淡々と。

日常的な、余裕が。

余裕という名の、希望が。

「さて。――死ぬときは一緒だ、みんな。僕と一緒に、死んでもらう。でも――勝つときも一緒だ。一緒に笑おう」

気がつけばサダレに対して虫が5匹。サブローを中心として左右に広がってサダレと向き合う形となっている。それは基本に忠実な隊列とも言える。1つの強敵に立ち向かうときにパーティーが取る最も基本的な隊列だ。

――目障りなのはサブローの目だ。サブローの目が鋭く尖ったナイフの切っ先のようにサダレを睨んでいる。一直線に見つめている。それはまったくもって目障りとしか言いようがない。こちらの感情を逆撫でするような――不快感がある。

やがてゆっくりとサブローは細い棒を――杖を、持ち上げた。

貧弱な杖だ。マナを通す媒体として優れているとは思えない。魔術の増大と拡散にも向いてはいない。そしてサダレは知っている。これまでの舞踏を通して知っている。サブローに魔術の才能はないと。体内に張っているマナの量も凡人並みであると。

その杖で、なにができるというのか。
失笑が滲むサダレに対して、
サブローは、
小さく、
かすかに、
杖を、
振った。
瞬間。
蒼が。
絆《きずな》が。

——サブローの持つ杖から放たれたのは、蒼い、マナの絆だ。

それは魔術ではなかった。魔法でもなかった。なにか特別なスキルでもなかった。
ただの、マナの絆だった。線だった。
しかし異様なのは——絆が途中で分岐し、虫たちの背中に繋がったことだ。

それはまるで、宇宙で輝く星の大河が細やかな星座の集いへと散っていくように。

一体、どういう芸当なのか。

サダレからしてもそれは非常に高度でテクニカルな技術だった。もちろん脅威にはなり得ない。それでも心を揺らす芸術作品のように、繊細だった。精密だった。精緻だった。

サブローが杖を振る。マナの絆が緩やかにたわみ、揺れ、虫たちの背中をなぞっていく。

そこまでを、サダレは、見ていた。


あとはもうなにかを見たり考えたりする余裕などなかった。


「これで、始めよう」

サブローの呟き。

背後で大量の木々が爆ぜた。

突然だった。予想していない衝撃だった。思わず振り返ろうとした——ときには長身痩躯の男の虫が視界の端で消えていた。……違う！　消えて見えてしまうほどの速度で大地を蹴ってサダレに肉薄していた！　握りしめられた拳が見える。反応はできる。対応もできる。けれど背後から迫る——風圧と、砕けた木々という刃の気配っ！

サダレは垂直に勢いよく跳ぶ。

――それが虫を相手に初めて選択した、逃げという行動であることに、サダレは気がつかない。眼下では爆ぜた木々の破片が烈風のように長身痩躯の虫を襲っている。……自爆？ いや。意図せぬ仲間割れのようなものか？ 金髪の虫から魔術の残滓《ざんし》を感じ取る。やはり仲間同士の……最初は驚いた。だが所詮は捨て鉢の暴れに過ぎないか。偶然に両者の攻撃が一致しただけか。サダレは空中で静止しながら失笑する……余裕はない！

こちらを捉える強い視線――眼光に気がつく。

サブローの目が、こちらを、捉えている。

暗い森。その遙か上空。こちらを捉えて放さない。それは大蛇の視線にも似ている。獲物を見つけたならば自分の胃袋に入れるまで決して放さない強い眼光――不愉快な視線！

なにより杖から放たれるマナのかすかな絆は、４匹の虫に、まだ繋がっていた。繋がりながらサブローの杖の動きに共鳴し、揺れ動いていた……！

――あれは、切らなければならない！

浮かぶ意思は本能によって喚起されている！ あのマナの絆は切らなければならない！ どうにかして切らなければならない！ でなければ……でなければっ！

「こうやって」

呟き。

瞬間、脱力感がサダレを襲った。まったく身に覚えのない脱力。突然に冷や汗が出てくる。手足が震え出す。力がどんどん抜けていく。なにが起きているのかさっぱり分からない！

身体は空中制御を失い、無慈悲に落下していく。

地上にあるのは――無傷の虫。あの木の破片をすべて避けきったとしか思えない長身痩躯の虫の姿。さらに――ああっ！　黒髪の虫が白い精霊の加護を宿してサダレに手を伸ばしていた。その手の方向に導かれるように背後に浮かぶ精霊が――呪《まじな》いをこちらに向けているっ！　脱力感は精霊による呪いか！

「……なめるなよっ。虫が！　サダレを、なめるなぁっ！」

叫ぶ。落下しながら叫ぶ。空中に浮かんでいる必要はないのだ。地上でも存分にサダレは戦えるのだ。むしろそちらの方が都合が良いのだっ！　サダレは落下しながら体内でマナを練り上げる。強大な魔術を発動するための、マナを。

「チケットA、6秒。こうして」

サブローの持つ杖が揺れる。マナの絆が栗色の虫の背中をなぞるように動く。それだけが見える。言葉の意味は分からない。分からないが――なにかいままで感じたことのない恐ろしい感覚がサダレを襲っている！

切らなければ……切らなければいけないっ。

サダレは地上に着地する前に魔法陣を展開した。重なり合って虹色にさえ見えてしまう大量の魔法陣を。それを容赦なくサダレは即時発動させる。――魔法陣が光り輝く！

しかし。

「僕1人にも通用しなかったのに。……チケットB、8秒。こうだよ」

聞こえるか聞こえないかギリギリの、呟き。

ああ――その意味の分からぬ呟きすら消し飛ばしてしまえばいい！　なにもかも消し飛ばしてしまえばいいっ！　発動した魔法陣から顕現する魔法の数々――焦げた咆哮を上げる炎の龍に、とぐろを巻いた水流の大蛇。膨張と収縮を繰り返す真空の檻に、大地から産声《うぶごえ》を上げる土石の塊。唸《うな》りを上げるのはサダレの手元に集束していく稲妻の槍――サダレは、放った。

回転する。

螺旋を描く。

炎の龍も水の大蛇も真空の檻も土石の塊も――なにもかもを吸い込む螺旋の稲妻は黒く染まった。強大な魔法は1つに凝縮し、黒となる――闇の濁流となる！　この世にあまねくすべてを塵芥に変えてしまえる渾然一体とした、闇の濁流へと！

そして、

暗黒に呑まれようとする世界で、サブローの声だけが響いた。

「A、消化」

――光っ！

突如としてまばゆい光の奔流が闇の濁流とぶつかって世界を輝きで照らした。それは栗色と金髪の2匹の虫によって織りなされた奇跡にも近い現象だった。

栗色の虫が見たことも聞いたこともない魔術を発動している。それは薄い光の壁である。その光の壁を通すように――金髪の虫が強大な光の奔流を放っていた！　ああ！　光の壁は魔術の増大と強化か！

――魔法と魔術の、拮抗《きっこう》。

それはサダレにとってあり得ない光景だ。あり得ない現象だ。認めることのできない現実だ。……魔人だ。サダレは魔人だ。人間など本来であれば小指の先で潰せるのだ。小石を蹴飛ばすように潰せるのだ。殺せるのだ。いつでもサダレはサブローを殺すことができたのだ。

でも、いまは、どうだ？

殺せない。殺そうとしているのに殺せないっ。小虫を潰すために叩かれた両手からひらりと抜け出されるように。ひらりと躱すようにっ。殺せない！

光と闇の臨界点が大きく爆ぜた。

相殺のインパクトに大地が剥がれる。木々が砕けていく。凄まじい衝撃波に――一瞬だけサダレは目を細めた。視界を狭めた。けれどその狭くなった視界にサブローの杖の軌跡が映った。

サブローは魔術障壁によって守られている……だがなによりもっ。

サブローが杖を振っているっ！

「B、消化。……チケットC、3秒。これだよ」

刹那。

背後で殺気が膨らんだ。そこで膝を屈めたのはサダレの戦闘センスだった。瞬間に頭上を通過するのは研ぎ澄まされた蹴りだ。長身痩躯の虫が背後にいる。いつの間にっ！

サダレは反転しながら裏拳を放つが――既に虫は飛び退《の》いている。

「C、消化」

ぞくり、と。

反転し背を向けていたサダレの足が取られる。足下を見れば灰色の精霊がサダレの両足に息を吹きかけていた。足が硬直し痺れにも似た感覚に冒される。それは石化の呪いである。

「っ、ざ、っけんな！」

「シラユキ」

激情のままに足を強引に動かし石化を解く。だがその代償として皮膚が張り裂けるっ。痛み。

確かな痛み！　いままで経験したことのない痛み！　右腕をもぎ取られたときの唐突さではなく、確かに感じる足の痛み！　ああ！　むしゃくしゃする！　イライラする！

感情でマナを噴き上げるサダレに接近するのは——栗色の虫。それはあまりにも無防備な接近。簡単に屠《ほふ》れてしまう肉薄。……にもかかわらず。にもかかわらず反応できないのはなぜか？

まるで、そよ風でも相手にしているかのように。

それは、サダレがいままで経験したことのない特殊な武術の足運び。

「チケットD、３秒。チケットEND、９秒。——これで、終わらせよう」

栗色の虫からサダレに放たれるのは粘液だった。それはまるで落とし物を拾うかのように自然な動作で放たれた。やはり自然すぎて反応できなかった。まるで日常の延長線上にあるような攻撃だった。——粘液はサダレの眼球を汚す！

そして視界を奪われたサダレがようやく拳を振るうも、手応えはない。

代わりに皮膚に感じるのは————灼熱。

灼熱の、予兆。

ちょうど、それは、サブローの呟きから、３秒後に訪れた。

ああ。確かにサダレには聞こえていた。チケットという謎の言葉が。その後に続く秒数が。

意味は分からずとも聞こえていた。でもようやく分かった。３秒後に——こういう現実が訪れるという、さながら未来予知のような、指揮。

サブローの頭の中にある景色の通りに、虫たちが動いている。

そして——サダレ自身も、動かされている。まるで盤の上で物言わぬ、駒のように。

「Ｄ、消化。それにしても、楽しいみたいでなによりだよ、サダレ」

粘液に汚れた目を擦っている暇はない。

もはやその熱波はサダレの寸前に迫っている。ゆえにサダレは全身全霊を懸けて——己の命１つを護るための、まるで圧倒的強者を前にした弱者がすべての技術を懸けて防御を取るかのような、持ちうる全力のマナで魔術障壁を張った。

灼熱を遮るために、前面に！

「自分で笑ってることに気づいてるか？　サダレ。……ＥＮＤ、消化だ」

ようやく、気がつく。


本命は、背後。

凶相を浮かべている長身痩躯の虫——ドラゴンという名に相応しいだけの力を持った人間を気配だけで察知して、サダレは、無邪気に笑っているのを自覚しながら、言った。

まるでゲームに負けて拗ねつつも甘える、天真爛漫な少女のように。

「なにこれ。インチキじゃん！」

「君に言われたくはないよ」

「こんなの勝てるわけないしー」

「お褒めの言葉をありがとう」

「ね、ね。どうやったらこんな指揮、できるの？」

「どうしてだろうね。……みんなのお陰かな」

「やっぱ、勇者って面白いなぁ。……もっと、遊びたかったな」

最期の言葉には、切なさが滲む。

ドラゴンの拳がサダレの頭を粉砕した。

○○○○○

現在地点から遠く離れた5年前。

「おや。久しぶりじゃないか少年。風の噂で聞いたよ。勇者になったんだって？　……いろいろと諦めたと聞いていたんだけれど。心変わりでもあったのかい」

「……まあ。心変わりはありましたね。いろいろと。お久しぶりです」

「うん。まあ、中に入るといいいさ」

およそ1年ぶりに。

18歳。勇者になったばかりの僕は、師匠の家を訪ねていた。

時系列を整理してみれば――イタい勘違いによって師匠に弟子入りしていた時期が10歳頃から17歳まで。

そうだ。17歳になって社会に出た僕は現実を知った。自分自身の凡庸さを知った。同時に冒険者として危険に身を置くよりも安全な場所で働いていた方が楽だということを知った。楽なのだ。冒険者よりも一般的な労働の方が楽なのだ。そして僕は低きに流れる普通の人間だった。

ゆえに高校を卒業してから2カ月が経った日、17歳の僕は師匠のもとを訪ねて言っていた。

『ここまで面倒を見て貰って、言いづらいですけど……。僕、普通に暮らそうと思います。やっぱり師匠の言う通り、僕には冒険者としての才能はないですし。勇者になんか、なれるはずがないと思うので』

思い出す。そのときの師匠の表情というのは暖かいものだった。それこそ教会のシスターが生まれたての赤子に向ける表情にも似ていた。

師匠はゆっくりと頷いてくれた。紡がれる言葉は柔らかく、暖かかった。

『寂しくなるね。でも、たまには顔を見せてくれるだろう？　まさか少年。私を1人にするつもりじゃないだろうね？』

『当たり前ですよ。顔は出すに決まってます。まあいまは仕事を覚える時期なので忙しいですけど……。慣れて時間が余ってきたら会いに来ますよ』

『うん。ならいいさ。いつでも私はきみを歓迎するよ。諦めようとなんだろうと、かわいい愛弟子には違いないからね』

——ああ。それからちょくちょくと僕は師匠のもとを訪れていた。それでもおよそ1年もの間が空いてしまったのはいろいろなことが急展開で起きたからだ。濁流のように運命の悪戯《いたずら》というやつが僕を飲み込んだからだ。


1年ぶりに師匠のもとを訪れた僕は——勇者になっていた。


【勇者の試練】を突破したのが3カ月ほど前。それからいろいろな手続きやら顔合わせやら祝い事やらで忙しくて大変だった。家族に対する報告や故郷での宴会などもあったのだ。ああ。

師匠はすべてを知った顔で僕を自宅の奥に通してくれる。

師匠は微笑んでいた。……中々に見ない顔だ。それこそ1年前。僕がなにもかもを諦める判断をしたときに見せた表情にも似ている。やっぱりすべてを見通しているのだろうか。

僕はなにも言わなかった。

師匠は言った。

「それで。私を頼ってきみはどうなりたいのかな」

「……まだ、師匠を頼るなんて一言も言ってませんよ。僕は。ただ顔を見せにきただけかもしれません。勇者になったんですよ。凄いでしょ？　って」

「目がすこし充血している。目元もすこし赤くなっている。昔のきみはよく泣く子だったね？　少年。よく弱音を吐く子供でもあった。あの日のきみを思い出してならないよ、私は」

師匠は意地悪に言いながら爪で机を叩いた。とんとん。とんとん。リズミカルなその音は不思議と不快ではない。

それにやっぱり師匠は師匠だ。僕をよく知っている。僕の悪いところをよく知っている。僕の良いところもよく知っている。それはとても安心できることでもあった。なにもかもを吐露《とろ》してもいいのだという安堵もあった。

だから僕は正直に言った。

「僕、弱いです」

「そうだろうね。きみは弱いよ」

「師匠がずっとずっと僕に言っていたのがよく分かります。僕には才能がない。戦闘の才能がない。避けるのはちょっと上手いですけど、でも、それじゃ勝てない」

「ああ、勝てないだろうね。勝利に直結するものじゃないからね。避けるという行為は」

【勇者の試練】で僕、みんなの足を引っ張りまくりました」

「容易に想像がつくね。……あの子たちだろう？　修行に何度か連れてきていたよね。あの子たちには才能があったから。きみはおんぶに抱っこだろう」

「みんなには内緒にしてるけど、苦しいですよ。しんどいです」

「だろうね。無力というのは苦しいものだよ。しんどいものさ」

「でも、僕は勇者です。…………いや」

勇者というのを言葉にすると物凄い違和感があった。きっと僕は勇者ではない。勇者の器《うつわ》ではない。すくなくともいまはまだ。いまはまだ僕は勇者なんかじゃない。たとえ【勇者の試練】を突破したとしても勇者ではない。

じゃあ、なんだ？

勇者でないことを認めてしまえば気持ちが楽になると思った。「**勇者じゃないんだから仕方ない**」「**勇者じゃないんだから弱くてもいい**」「**勇者じゃないんだから責任もない**」「**勇者じゃないんだから頑張らなくていい**」……。いろいろな甘えと逃げの感情が頭で渦巻いた。心で渦巻いた。それを受け入れてしまえばきっと僕は楽になれる。苦しくもなくなる。しんどくもなくなる。

泣く必要なんてなくなる。

でも……。勇者じゃなくても……。

「**僕は…………、みんなのリ、ー、ダ、ーではあると、思っている**」

「そうだね。きみには不思議と、人を惹きつけて離さない魅力がある。才能のある子たちが、きみをリーダーとしているのも、きみの魅力のお陰だろう」

「でも僕はリーダーとして、なんの役目も果たせませんでした。それどころか……」

「逆に足を引っ張ってしまう立場だったんだろう。だから苦しい。だからしんどい。いや。きっときみは、悔しいんだろう？」

僕は答えない。答える必要なんてない。無言こそがなによりの肯定だと知っているから。それに認めずとも師匠は理解しているだろうから。

「それで？　最初の質問に戻ろうかな。少年」

師匠は僕を見る。……目元にはやはり隈が濃く滲んでいる。瞳にも生気が宿っていない。まるで幽霊みたいな人だと僕は思う。でも。

でもその瞳の奥で炯々《けいけい》と光っているのは、かつて伝説の勇者と呼ばれていた人間の面影《おもかげ》だった。ＤＯＵＢＬＥ・Ｓ級まで上り詰めた勇者の面影だった。

なによりも【深海の星《ディープ・オリオン》】を率いていたリーダーの顔だった。

「私を頼って、きみはどうなりたいのかな？　少年」

「――強くなりたい」

「どういう風に？」

「リーダーとして」

「それじゃ曖昧だ」

「みんなを引っ張る存在になりたい」

「もっと具体的に」

「――みんなにおんぶに抱っこのリーダーは嫌だ。ちゃんと、ちゃんとリーダーになりたい。ちゃんと……みんなを纏められる存在になりたい。みんなを率いる存在になりたい。みんなに認められる存在になりたいっ。僕は、ちゃんと、しっかり、もっと頑張って……、リーダーとしてみんなを指揮できるような勇者になりたいっ！」

「うん。きみならなれるさ。とはいえ修行は過酷だよ。付いてくる覚悟はあるのかい」

答えは必要なかった。

無言こそが、なによりの肯定だ。

そして渡されたのは、細くて長い、木の枝だった。


さて。

それから1時間後。

僕と師匠の座標は見晴らしの良い大平原にあった。

ところで僕はキサラギ師匠という人をよく知っている。師匠の修行というものもよく知っている。その内容は過酷に過ぎる。だから僕は一種の覚悟を滲ませてもいた。

たとえどれだけ過酷だったとしても這いつくばって付いていってやろうと。弱音を吐きながらも歯で食らいついてやろうと。逃げ出しかけながらも目でいつまでも追ってやろうと。ああそうだ。僕はなんだってやってやる！　なんて覚悟を僕は抱いていたのだ。

ただ、目の前に広がるのは、拍子抜けするような穏やかな光景だ。

「あの、師匠」

「うん？」

「これは、なにを？」

「？　見れば分かるだろう。知らないとは言わせないよ。風船さ」

ぷぅううううううっ。師匠は萎《しぼ》んでいる風船に息を吹き込む。すると風船はまるで命を宿したかのように膨らむ。ふよふよと宙に飛んで漂う。たぶん吐息にマナを含ませているのだろう。風船は僕の知っている風船よりも動きにキレがあった。

赤。青。緑。黄色。さらに紫。黒と白。合計で7色。それぞれの色が5つずつ。

そして僕に渡されているのは木の枝。凡庸な木の枝。ただの木の枝。

これで一体なにをするのか。僕には皆目《かいもく》見当もつかない。

でも師匠は浮かぶ風船を見上げながら、満足そうに言った。

「うん。じゃあ少年。さっそくやってもらおうかな」

「……なにをですか?」

「ところで聞いておきたいのだけれど、きみはどれくらい私のところに滞在予定だい?　泊まり込んでもらうつもりで私は計画を立てているわけだが、問題は?」

「あ、もちろん。泊まり込みの予定です。……期間としては、2週間後にはちょっと王都を旅立つ予定があるので。護衛依頼が入っていて」

「護衛か。随分と期待されているようだね。いくら勇者パーティーとはいえ、普通はもうすこし経験を積んでから依頼が入るはずなのだけれど」

「そこはマミヤさんって方にお任せしてまして」

「ああ。彼女か。彼女が担当なのか。それで？　事前準備もあるだろう。……私のところにいられるのは、10日くらいかな」

「そうですね。今日を合わせて、10日くらいで考えています」

「そうか。……耐えられるかな」

すこし不安そうに師匠は呟く。それは完全に独り言というテンションだ。……耐えられるか心配になるくらいの修行なのか？　しかし。これから恐ろしくなる未来がまるで頭に浮かばない。なにせ現状の光景というのは本当にのどかなものなのだ。

晴天と平原。ふわふわと浮かんでいる色とりどりの風船。僕の手には、木の枝。

まるで子供の遊びみたいだ。風船を追っかけ回す子供の遊びの一部分を切り取った光景みたいだ。

「今日で3段階は進もうか」

「……3段階ですか？」

「まずはワンステップ。５００回連続で言い間違いをなしにしてもらう」

「……やっぱり師匠は言葉が少なすぎます。なにを言っているのか、さっぱり分からない」

「きみには風船の色を当ててもらう」

「はい？」

「私が風船を動かす。きみは動いた風船の色を答える。一秒以内に。それを５００回連続だ。言い間違えたら最初から。いいね？」

いいね？ってなんだ？　一体師匠は僕になにをさせようとしている？　これが一体なにに繋がる？　僕のリーダーとしての修行になるのか？　とすこしだけ思う。けれどすこしだけ。

そして――地獄のワンステップが始まった。

ある一定の範囲内でふよふよと空中に浮いている色とりどりの風船。

7種5個ずつ。

合計で35個の風船。

僕はそれに視線を配る。……風船が動く。ひゅんっ。と師匠の動作――それは指振りであったり視線の動きであったり細い吐息であったりする。それに呼応して一瞬で動く。そして僕は動いた風船の色を口に出して答えていく。

５００回連続。1秒以内の回答。

「黄色。緑。赤。青。っ、白」

「詰まったね。1秒を超えている。やり直し」

「黒。赤。青。緑。緑。黄色。紫。あ……青っ」

「やり直し」

「っ。黄色。緑。青。白。黒。黒。黄色。緑。緑。赤……あ」

「赤ではなく青だ。もう一度」

「……青。黄色。青。緑。黄色。白。白。黒。紫。緑。青――――」

やってみると分かる。難しい。これは難しい。それもそうだ。人間というのはどんな単純作業であっても必ずミスをするものだ。脳味噌というのは必ずどこかで誤認識をするものなのだ。

しかも風船のすべてを視界に入れて位置を把握しなければならない。その中から動いたものに一瞬で意識を集中させるというのも難しい。そして、なにより目で知覚した色を脳味噌に正確に伝えたあと――それを意識的に言葉にしなければならないというのは……!

500回連続……?

気の遠くなるようなワンステップ。

最初に抱いていた「これが修行になるのか?」という疑問は開始30分で吹き飛ぶ。

これは難しい。これは苦しい。これはしんどい。しかも師匠は意地悪だ。師匠はあえて風船と風船をぶつけることで僕を惑わす。もちろん答えるべきは最初に動いた風船だ。でもぶつかって動き出す風船に意識が逸れてしまう。そして答えを間違えてしまう。……ああ。

「?　笑いなさい、少年。ほら。私の声も聞いて。笑いなさい」

「っ。緑」

「遅い。やり直し」

２７２回で、最初から。

２５０回を超えると師匠は声を出し始める。「こっちだよ」「ほらこっち」「そっちじゃない」「次は青かもしれない」「黄色かもしれない」「ところで今日は快晴だ」「明日は曇りの予報らしいよ」「ちなみに今日はなにを食べたんだい？　私はね」。……僕はいやでも耳に言葉を入れないといけない。なにせ師匠の声はこれまでの修行によって僕の脳味噌に刻まれている。『絶対に無視してはいけない声』として。

——そして。

ワンステップが終わったのは、太陽が中天から落ち始めた頃のことだ。時刻にして午後２時。午前９時から平原に移動しての修行が始まったことを考えると、およそ５時間以上の経過。

脳味噌の疲労というものは凄かった。肉体ではなく精神面の疲弊も凄まじかった。

ワンステップが終了してすぐに僕は平原に大の字を描くようにして倒れた。そして空腹を自覚した。それは冷や汗が出て手が震え出してしまうほどの空腹だった。飢餓感と言い換えてもいいかもしれない。

そして師匠が僕に手渡したのは高カロリーの携帯食料。

それは「すぐに食ってセカンドステップに向かうぞ」という無言の意思表示に他ならない。

師匠は言う。

「セカンドステップ。次は同じ作業をしながら——風船と風船がぶつからないようにマナを放出して操ってもらう。その木の枝を使ってね」

僕は高カロリーの携帯食料を食べ終えて立ち上がる。ふらふらするのは頭を使いすぎているからだろう。肉体的疲労ではなく頭脳的疲労が激しいのだ。

「さっき、師匠は風船をわざとぶつけてましたよね。僕を惑わすために」

「ああ、そうさ。今度はぶつからないようにしてもらう。動かすのはどちらでも構わない。最初に動き出した風船でも、ぶつかりそうになっている風船でも。……どちらでも構わないから、きみはとにかく風船同士がぶつからないように操るんだ」

「マナで、ですか」

「その木の枝を、杖として扱いなさい」

僕は右手に握り続けていた木の枝を見る。なんの変哲もない木の枝。当然ながらマナに対する感応も良くない。魔術を発動させるための媒体としても弱い。杖なんてお世辞でも言えるはずがない。……これでマナを放出するのか。そして風船がぶつからないように操る？

「物は試しだ。やるよ。ワンステップと同じ、５００回連続」

セカンドステップ。

――師匠が風船を動かす。僕はその風船の色を間違えないように答える。ここまではワンステップと同じ。しかし違うのは風船の動きを予測しなければならないという点だ。つまりは動いた風船の未来の動線を予測する。ぶつかりそうならば木の枝の先端を向けてマナを放つ。

黄色と黒の風船が接触しそうだった。僕は体内のマナを木の枝を通して放出した。しかしそれは強すぎるマナの流れだった。マナの奔流は黄色の風船に直撃し――そのまま風船を割ってしまう。

「やり直し」

師匠は当然のように言う。そして懐から黄色の風船を取り出して息を吹き込む。

今度は黒の風船が動く。ぶつからないと判断しながら「黒」と答える。けれど判断が遅い。それは1秒を優に超えている。やり直し。次は緑の風船が動く。「緑」と答えながら木の枝を向ける。緑の風船の動線上に存在する赤の風船に。今度は上手く風船を操ることができるが――動かした赤の風船がさらに別の風船にぶつかりそうになる。と思った瞬間には視界の奥で青の風船が動いている。「青」と答えて僕は赤の風船を動かすが――師匠の動かした青の風船が紫の風船にぶつかる。

「やり直し」

……やり直し。やり直し。やり直し。やり直し。やり直し。やり直し。

これは——。僕は額に汗を滲ませながら思う。これは——。師匠は僕の焦りを待ってくれない。また風船が動く。僕はその風船の動線を読みながら色を答える。また違う風船が動き出す。予測。答える。違う風船。予測。今度はぶつかる。動かさなければならない。答えながらマナを放出。ぎりぎりでぶつからないように扱うが——違う風船が動き出す。答える。予測。している間に、先ほどぶつからないと予想した風船が違う風船と接触しているっ！

これは——不可能だ！

僕が見なければならないのは師匠の動かす風船だけではない。僕自身が動かした風船に関しても頭に入れておかなければならない。そしてそれが永遠に続く。５００回。できるのか？　可能なのか？　そんな芸当が？

「やり直し」

風船が動く——考える。考える。考える。僕は考えなければならない。酷使した脳味噌をさらに焦げつくくらいに回転させなければならない。考える。考える。考える。僕は目を使いながら考える。マナを放出しながら考える。風船の色を答えながらに考える。

「——いいかい、少年。コツは全体像を把握することだ。きみの目ならば可能なはずだ。動く風船という点に集中するのではない。きみの視界という面に集中するのでもない。——立体だ。空を羽ばたく鳥類が私たちを見ているように、すべてを捉えるんだ。この世界、すべてを」

すべてを。

世界を。

目で。

掴む。


——鳥瞰《ちょうかん》。


僕は師匠に言われた通りに見る。見ようとする。すべてを。世界を。まるで大空を羽ばたく鳥のように。でもそれは難しい。言葉では簡単だ。いつも言葉では簡単なのだ。でも行動は難しい。計画は可能でも実行は難しいのだ。理論を組み立てるのは簡単でも実践は難しいのだ。

それでも——鳥瞰。僕は見る。見ようとする。師匠の言葉を信じる。

僕の目ならば、可能なはずだから。

すべての風船を……いや。僕の捉えられるすべての光景を頭上から眺める。立体として捉える。それは見ているようで見ていないのと一緒だ。

つまり見ている景色とは別に、**頭の中に同一の現実を作り出す**。

しかし視界は順応してもマナの放出は難しい。繊細な調節が必要になる。強すぎても弱すぎてもいけない。強くても弱くても頭の中の景色と現実が乖離してしまう。だから正確に。とにかく精確に。精密に。精緻に。

まるでナノの世界で城を建築するように。

繰り返す。繰り返す。繰り返す。繰り返す。繰り返す。繰り返す。繰り返す。繰り返す。やり直す。やり直す。やり直す。やり直す。やり直す。やり直す。やり直す。やり直す。ゼロから、５００。

——僕がすべてを達成したとき、世界は夜に包まれていた。

僕は夜の気配に気がついていなかった。何時間が経ったのだろう？　達成したと理解した瞬間に身体から力が抜ける。僕は倒れる。気絶しそうになる。

でも気絶する前に、師匠の言葉が僕の意識を現実に呼び止める。

「次はサードステップ。——**私の攻撃を避けながら、いままでのすべてをこなしてもらう**」

僕は……僕は立ち上がらなければならない。なぜなら結局は僕のため——そうだ。僕のためなのだ。これはすべて僕のための修行なのだ。僕のための鬼畜なスパルタなのだ。なにより僕がやりたいからやっているのだ。すべて僕が強くなりたくて自分で挑んでいるのだ。僕がちゃんと勇者《リーダー》になりたくて励んでいる修行なのだ。ならば、だからこそ、立ち上がらなければならない。僕は……立ち上がらなければ、いけないのだ。

「10日間、サードステップをみっちりとこなしてもらう。きみならできるさ。さあ、いくよ」

師匠は伝説の勇者として、僕の前に立ち塞がる。

繰り出されるのは音速にも近い動き。その残像だけが僕の視界には映る。風船が風圧によって動き回る。その中でもひときわ動く風船の色を僕は答えなければならない。さらにこちらに放たれる、師匠からの攻撃——容赦のない稲妻。師匠の得意な稲妻の魔術!

僕は……笑った。

僕は、強くなりたい。

——スピカのように数多の精霊と契約できるような特別な才能が欲しいとは思わない。ドラゴンのようにどんな強敵を相手にしても膝を折らない不屈の闘志が欲しいとは思わない。ラズリーのように100年に一度と言われるほどの魔術の才能が欲しいとも思わない。シラユキのようにどんな艱難《かんなん》も軽々と乗り越えてしまえるような器用さが欲しいとも思わない。

でも。

僕は凡人だ。

——才能がなくとも強くなりたいのだ。凡人であろうとも強くなりたいのだ。1つだけ授かった目という個性を活かしたいのだ。磨きたいのだ。輝かせたいのだ！　そして胸を張って肩を並べられるようになりたい。仲間という天才たちに。友達という天才たちに。彼らに恥じない存在になりたい。彼等が認めてくれるのだからこそ僕はそれに応えたい。ちゃんと応えたい。応えなきゃならない。

僕は――。

そして。

僕は勇者になった。

◆◇◆◇◆

地獄のサードステップで培ったもの。

けれど培ったものというのは実践を積み重ねるごとに往々にして変化していく。最適化されていく。最善化されていく。僕個人の指揮術から【原初の家族《ファースト・ファミリア》】の指揮術へと。【原初の家族《ファースト・ファミリア》】以外には使うことのできない指示術へと。

それにしても、疲れたな。

僕はゆっくりと息を吐く。その吐息には今日のすべての疲労が溜め込まれている。……視界では首なし死体となったサダレの肉体がゆっくりと倒れていくのが見えた。

「お疲れ、ドラゴン」

へたり込んでしまう前に僕はドラゴンを労《ねぎら》う。ドラゴンは片手を挙げて応えてくれる。僕はそれから振り返る。背後にはいつもの３人がいる。スピカにラズリーにシラユキ。

「お疲れ、スピカ」

「うん。お疲れ様、サブローくん。……ごめんね？」

「？　謝ることなんてなにもないよ」

「ううん。大事なときにいなくなっちゃったから……。あっ。次からはちゃんと、精霊さんに監視してもらうから！　サブローくんがいまなにをしててどんなことになってるのか、逐一報告するような感じで」

「それは勘弁してほしいんだけど！」

「ふふ。冗談だよ」

ニコリとスピカは笑う。それこそ夏の陽だまりで空を仰いでいる花畑みたいな笑みを浮かべる。敵わないなと僕は思う。たぶんこれからも僕は一生スピカには敵わないだろう。

それから僕は目を擦ってラズリーを見る。

——目は消耗品だ。

——無理を続ければ、やがて僕はなにも見えなくなるだろう。

心に浮かぶ警告を無視して僕はラズリーにも声を掛ける。

「ラズリーもお疲れ。ばっちりな魔術だったよ。ちなみになに？　あの光の魔術。凄かったね」

「最近覚えようとしてた魔術なのよ。失敗続きだったんだけど……成功して良かったわ」

「へえ。天才っぽくて中々にむかつく返答だね」

「っ、なにがよ？　てかなにそれ、スピカと対応違くない？　ねえっ。あたし結構頑張ったと思うんだけど？　今回。違う？　ちょっと。サブロー？」

「分かった分かった。頑張った頑張った。マジでラズリーは頑張った。ありがとう！」

「ねえ、なんかちょっとそれ、心がこもってないわよね！　ねえ！　あたしには分かるけど？　それ心がこもってなくない？　ねえっ」

「めんどくさーい」

「っ、はあ！　面倒くさいってなによ！　ちょっと！　なにが面倒くさいって言うのよ！　ねえ！　あたしかなり活躍したのに、そういうのはナシでしょ！　ちょっとサブロー！」

「ごめんごめん。……でもマジでありがとう。助かったのは事実だよ。本当にありがとう」

「……最初からそう言いなさいよ」

「ちょろ」

「っ、いまなんか言った？　ねえ。サブロー？　いまなんか言わなかった？」

「凄いって言ったんだよ、凄いって！」

僕はパチパチパチと拍手を繰り返してラズリーをなだめる。いつもの調子であれば僕は今頃胸ぐらを掴まれて揺さぶられていたことだろう。でもさすがのラズリーもいまの僕を見てそういう所業をするつもりにはならないらしい。

さらに僕はシラユキに顔を向けた。

「お疲れシラユキ。細かいところで本当に助かったよ」

「うん。構わないさ。君の役に立つために頑張ってるんだからさ、私は」

「いいねー。そういうドライなところ好きだぜ、僕」

「ふふ。まあサブローが望むならドライな女にも媚びた犬にもなってあげるよ」

「媚びた犬は嫌だな……ちょっと……」

「知ってる。だから、やらない。私はそんな感じだよ。付き合いやすいだろ？　どっかの魔女と違って」

「うん。まったくだ」

「ちょっと！　いま、どさくさに紛れて私の悪口言った！　ねえ！　言ったわよね！　スピカ！」

「うーん。私にはなんとも……」

ぎゃーぎゃーとラズリーが騒ぎ出す。その騒ぎにスピカが巻き込まれる。そしてシラユキが苦笑を滲ませながらラズリーに顔を向ける。ああ。そのやりとりをいつものように眺めながら僕は最後にドラゴンに顔を向ける。

「どう？　ドラゴン。疲れた？」

「まあな。すこしばかりは疲れたぜ」

「でも、戦い甲斐はあっただろ？」

「ああ。かなり楽しめたぜ。久々にな」

「なら良かった。楽しみを提供するのも僕の仕事だ」

「死にかけられちゃ世話がねえけどな」

「ま、勝ったならいいだろ？」

「ああ」

あとはダンジョンを出て王都に戻るだけ。そして報告するだけ。報告は荷が重いのだが……。と。

僕は何気なく。本当に何気なく。またサダレの首無し死体に視線を向けて――気がつく。

首の断面図から緩やかに流れていく黒の瘴気を。高すぎる密度のマナの流れを。その暗黒の粒子は、まるで水桶に垂らした墨が広がっていくかのように空間に広がっていく。そして空間で形を作る——瘴気でできた、唇。

唇は開き、そして、サダレの声で言った。

「**五芒星**」

意味は分からない。反応もできない。けれど僕が動かずとも僕の仲間たちが動いてくれる。シラユキが僕の前に立った。瞬間に鉄を割るような炸裂音が響く。それはラズリーの魔術だ。遅れて爆風が僕を——僕の前に立ってくれたシラユキを襲う。けれどシラユキは既に防御の態勢を取っている。……ラズリーの魔術によって瘴気の唇が霧散した。

けれど。

霧散していた瘴気が再び集合していく。輪郭を形作っていく。今度は唇ではない——人に。

「——ひっどいなぁ。ご褒美《ほうび》のヒントをあげたのにさぁー」

輪郭はサダレを形作る。その声は間が抜けた響きをしている。

僕以外の全員が警戒態勢を取る。

けれど僕は逆に気を抜いた。……たった1時間程度。たぶんサダレと邂逅してからいままでの時間は1時間程度だろう。濃密だった。それこそ生死のやりとりを僕とサダレは行ったのだ。

だからこそ分かるものが僕には存在する。

このサダレは、僕たちに牙を向ける気がない。

「魔人っていうのはしぶといね」

「しぶといよー。でもヒントあげたじゃん！　五芒星《ごぼうせい》だよ？」

「意味が分からない」

「魔人を殺すヒントだよ」

僕は言葉に詰まった。

サダレは悪戯が成功した子供のように微笑む。

「サダレはあくまでも主人《あるじ》の所有物だからね。だから、ヒントだけ。答えは教えてあげないよ」

「……主人、ね」

「？　あれ。知らないのサブロー。魔神様のこと」

ああ。そこでようやく僕は気がつく。みんなに視線を向ける。スピカと目が合う。そしてスピカの綺麗な瞳を見て、僕は確信に至る。――魔神は甦ったのか！

ということは――かつてのように【ハートリック大聖堂】が声明でも出したのだろうか？　出したのだろう。そして国が動いた。あるいは冒険者協会が動いている。既にダンジョンの外は大騒ぎになっているだろう。魔神復活……。

「え。知らなかったんだぁサブロー。意外。だからサダレのところに来たと思ってたんだけど」

「……予想はしてたよ。甦っているのかもしれない、って」

「ふぅん。まー大丈夫大丈夫。そんなすぐに人類は滅びないよ！」

「時間が問題なんじゃない。滅ぶことの方が問題なんだよ」

「ふふ。ねー。次に会うときはサブローを食べちゃうときだね？」

「残念。僕に勝てないことは今日証明された」

「負けないよーだ！　何度だって言うけど、サダレは甦ったばかりだもん。それで負けちゃっただけだもん。次はもっと身体を起こして……全力で殺してあげるよ。サブローのこと」

「死にたくないけどな、僕は」

「じゃあ飼ってあげるね？」

「そのときは是非、仲間たちも頼むよ」

「えー。どうしよっかなぁ？」

本気で悩んでいるところが子供っぽくて面白いな。とまるで年の離れた妹に接するように思う。思いながらため息を吐いて言う。

「僕は疲れたよ、サダレ」

「ん。だよねー。疲れてるって感じがありありしてるもん。ね。なんか最初に会ったときより老けてるよサブロー。人間ってそんな簡単に年を取るの？」

「しばらく休めばまた若返る。人間って不思議だろ？」

「不思議！」

「ということで、そろそろお別れしよう。サダレ」

「……うん。そーだね。うんっ。今日は楽しかったなー。主人にも報告しよっ」

お父さんに話そーっ、というようなテンションでサダレが言い終わった瞬間だ。その身体がゆっくりと崩れていく。輪郭が壊れていく。そしてサダレはまるで砂嵐のように粒子の流れとなって——最後に言った。

「五芒星。それが敗者からのプレゼント。サダレを殺す、ヒントだよ」

ばいばい。

言葉は残る。サダレの魂とでも言うべきマナの粒子は一度大きく渦巻いてから空に流れていく。飛び立っていく。そしてやがて景色に溶けるようにして消えていく。

五芒星。その意味は分からない。分からないけれどヒントではあるのだろう。たぶん。

思い返してみれば、サダレはフェアだった。

常に強者側として僕たちと相対《あいたい》していた。そこに卑怯《ひきょう》な手は存在しなかった。狡《ずる》さもなかった。僕たちと真っ向から勝負した。……ああ。サダレの言葉には信じるだけの価値があるだろう。意味は分からずとも五芒星という単語は本当にサダレを殺せるヒントなのだろう。

いまはまだ、意味を掴めないけれど。

「……ごめん。ちょっと眠る」

そして、僕は目を瞑った。

7章　師匠と弟子

次に目を開くと病室だった。

部屋には明るい陽が射している。それは午前中の透明感だと分かる。午前10時くらいだろうか。寝起きの視界には人の背中が映っていた。なんだか久しぶりに見るような気がする背中。

……暗い色をした、グレーの長髪。

「ランプちゃん」

僕の声は砂漠のような質感をしている。それに驚く間もなく勢いよくランプちゃんがこちらを振り返る。……その表情は驚きと不安と喜びと緊張でない交ぜになっていた。

やがてランプちゃんは表情をちゃんと作り、僕に優しく言う。

「おはようございます、サブローさん」

「おはよう、ランプちゃん。……ところでここは、病院かな」

「はい。【王立ライネルラ医療センター】です。良い部屋なんですよ？」

僕はゆっくりと部屋の全景を眺める。でも特になにかを思うことはない。疲労感は継続していた。だからしばらく僕はランプちゃんのお世話になった。ランプちゃんは僕の好きな果実を把握している。僕が喉を渇かしたときにすこし咳払いをする癖も知っている。僕の仕草ひとつで身体のどこが痛んでいるかも把握してくれている。

やがて僕はようやく頭を冴えさせて言う。

「ところでなんだけど、僕ってどれくらい眠ってたかな」

「えーと。ちょうど6日くらいでしょうか」

「ちなみに【原初の家族《ファースト・ファミリア》】って、いまなにをしているか分かる？」

「あ。今日もスピカさんとシラユキさんがお見舞いに来てましたよ。昨日はラズリーさんが。ドラゴンさんはたまに顔を出すって感じでした。たぶん皆さんお忙しいんだと思います」

「そっか。……ちなみにランプちゃん。どこまで知ってる感じかな？」

「どこまで、ですか？」

「うん。つまり、いま世界でなにが起きているかって」

「あ！　もちろんです。魔神が復活したんですよね？」

なんてこともないようにランプちゃんは言う。さながら「明日から天気が崩れちゃうんですよね？」と快晴を仰ぎながら言っているようなテンションで。おいおい。そんな軽い感じで話せちゃうようなことなのか？　ランプちゃんってどれだけ肝が据わっているんだろう。

そんなことを僕は考える。でもそれはきっと的外れな考えだ。僕はベッドから降りようとする。すぐにランプちゃんが肩を貸してくれる。お礼を言いながら僕は窓際に移動した。そして眼下に広がる王都の街並みを見る。……往来では人々がいつものように日常を楽しんでいた。

仕事に励んでいる大人たちの姿がよく見えた。広い公園でボール遊びに興じている子供たちの姿もよく見えた。商業区では買い物かごをぱんぱんにさせてマナ・チャリを走らせている女性がたくさんいる。耳を澄ませば店への呼び込みをしている活気ある声も聞こえてきそうだ。遠い川沿いでは釣りを楽しんでいるお年寄りの姿もある。そして、いままさに冒険に旅立とうとしている若い新米冒険者たちの姿も。

魔神が復活した。

それを知っていても人々は絶望には染まっていない。不安も見えない。ただ日常という名の幸せの最中にある。みんな自覚せずとも希望を胸に抱いている。明るい未来を信じている。それはたとえ俯《うつむ》いて歩いている人であろうとも同じだ。いま泣いて悲しんでいる人も同じだ。

実のところみんな幸せだし希望があるし明るい未来を見据えている。

「みんな信じてるんですよ」

僕に肩を貸しながらランプちゃんは言う。ランプちゃんの声音は優しい。

「なにを？」

「魔神なんて、へっちゃらだって」

「なんじゃそりゃ」

「――真に勇ましき勇者が、なんとかしてくれるって。みんな、信じてるんです」

僕はランプちゃんを見る。……グレーに染まった前髪の隙間からランプちゃんの目が覗く。

それこそ一等級の価値でやりとりされる宝石にも似た瞳をしている。綺麗な瞳だ。澄んだ瞳だ。

「みんな信じてるから、怖くないんですよ」

僕はなにも言わずにただ視線をまた窓の下に戻して――ふいにドアがノックされた。

「？　どうぞ」

ランプちゃんが答えると同時にドアが開き――そこに姿を表したのは、２人。

もはや戦友と呼んで抱き合っても構わないと思える２人。

僕は思わず笑顔になって、迎える。

「やあ。よく来てくれたね！　フーディくん。ププムルちゃん！」


ベッドの上に戻ってフーディくんとププムルちゃんを迎え入れる。

彼らの椅子はいつの間にかランプちゃんが用意してくれていた。さらにランプちゃんは空気を読んで「私はすこし買い出しに行ってきますね？」と言い残して病室を出ていった。

さて。

僕はベッドをリクライニングしてすこし頭を上げるようにする。

「ごめんね。こんな格好で申し訳ない」

「ぜ、全然！　全然構わないかもです。本当、無理はしないでください。なんならもっと寝たような体勢でも」

「いやいや。さすがにそれはちょっとね。それにしても、来てくれてありがとう」

「いえいえいえいえ。むしろ来るのは当然っていうかなんていうか……かもですので。はい」

「うん」

「その…………」

ププムルちゃんは黙る。それきり黙ってしまう。なにかを言いかけようとしているのは伝わってくる。でもその言葉を表に出せない様子だ。そして僕は無言を受け入れている。無理に引き出したりもしない。言いたいなら言えばいいし、言えないのならば言えないでいい。

僕たちはもう他人じゃない。知り合いでもない。かけがえのない戦友なのだ。

そして僕はフーディくんに視線を向ける。彼は彼で無言だった。けれどププムルちゃんの無言とはすこし違っていた。ああ。

やがて彼は言った。絞り出すように。

「俺は……。俺たちは……」

「うん」

「……弱かった」

胸の奥にある一番大事なところから、耐えきれずに漏れ出してしまったような声だった。

「なにもできなかった……っ。あの怪物を前にして、ただ怯えることしかできなかった。立ち上がることさえできなかった。勇気を出すことさえできなかった！　なにも……なにもできずに、ただ、逃げることしかできなかった」

「……うん」

「……それになにより、俺たちは、サブローさんを、……見殺しにしたんだ。だから」

「でも、お見舞いには来てくれた」

僕はフーディくんの心境を想像する。ププムルちゃんの心境を頭に思い浮かべる。……きっと辛い。誰よりもきつい。そうだ。僕は知っている。僕は何度も何度も何度も逃げ出したことがあるからこそ分かる。後悔したことがあるからこそ分かる。

逃げるというのは辛いのだ。苦しいのだ。決して楽なことではないのだ。それは僕だからこそ分かる。僕だからこそ理解してあげられる。

無力は苦しい。

無力は辛い。

「正直、来ないと思ってたんだ。来られるはずないと思ってたんだ。……だってさ、勇気がいるだろ？　僕のところに来るのって」

たぶん僕なら無理だ。僕がフーディくんやププムルちゃんの立場なら無理だっただろう。そこまでの勇気はなかっただろう。きっとなにも言わずにフェードアウトしていたはずだ。自分の無力を噛みしめながらも素直に認めることができずに消えていた。

でもフーディくんたちは僕のもとに来てくれた。

「マミヤさんの人選はやっぱり正しかった。君たち以外にはいなかっただろう。僕と合同パーティーを組める人材っていうのは。……まあ最初、やる気がなかった僕にも問題はあるよね」

「……あのときのサブローさんは、冷たい人だと思ったな」

「あはは！　だよね。いやまったく。こんな大事になるとは思ってなかったからさあ」

「でもいまは、サブローさんと組めて良かったと思ってる。サブローさん以外だったら、たとえそれがS級以上の勇者だったとしても、俺たちは生きていなかっただろうから」

「そうかな？　まあ。そう言ってもらえて光栄だ。素直に受け取らせてもらうよ」

僕はシニカルに言いながら自然に笑っている。やっぱりお世辞だったとしても後輩に褒められるのは気分の良いものだ。しかもそれが将来有望な勇者ならばなおさらである。

ププムルちゃんもどこか憑きものが落ちたような表情をしていた。

さて。

それから僕たちはしばらく会話に興じていた。話す内容というのは最初のうちは魔人サダレについてだった。どんな奴だったのか。どんな会話をしたのか。そしてどうやって僕は生還することができたのか。でもそれから話は脱線していく。お互いのパーティーについて。どんな仲間がいるのか。どういうところをいままで冒険してきたのか。こなしてきた依頼について。

気がつけば陽は落ちつつあった。

「じゃあ、そろそろお暇《いとま》するよ」

フーディくんが席を立ったのは夕方の手前だ。まだ空は赤く染まっていない。それでも窓の外では地平線に吸い込まれるように太陽が移動しつつあった。

「うん。またね」

「早く身体治してくれよな。俺が言えたことじゃないかもしれないけどさ」

「あと3週間もすれば全快すると思うよ。そしたら皆でご飯でも食べに行こう」

「あっ、それいいかもです！　手配は任せてください！　お姉ちゃんに頼んで、王都の良いところを予約しておきますねっ」

「おぉ。いいねぇ。僕の身体も早く治ってほしいものだ」

「じゃあ。……またなサブローさん」

「うん」

僕たちは、別れる。

それから僕はすぐに眠る。やっぱりまだ身体は本調子ではない。次に起きたときには夜。ランプちゃんが僕に付き添ってくれている。それで安心して僕はまた眠る。次に起きたときには深夜。まん丸の月が淡い銀光で世界を照らしていた。ランプちゃんはいなかった。

また眠る……いや。眠ろうとしたけれど、僕はまた目を開ける。それは部屋の隅の気配に気がついたからだ。

僕は部屋の隅に向かって言う。

「なにしてるんですか、師匠」

「ん。おや。気がつかれてしまったかい」

くたびれた白衣姿は変わらない。

どこからどう見ても世を捨てたとしか思えない風貌の女性。それでいて決して手には届かないような魅力もあるのだから不思議だ。――師匠は部屋の隅に当たり前のように立っている。

「気づかれないと思っていたのだけれど」

……本当に気づかれたくないなら気配を完全に消せばいい。僕の死角に立っていればいい。

けれど師匠は僕に気づかれるような場所に立っていた。それが答えだ。

まったく。

僕が黙っている間に師匠はゆっくりと近づいてくる。そのままベッドサイドの椅子に腰掛けた。ああ。なんだかそうしていると昔を思い出してしまう。よく僕が修行で打ちのめされて寝込んで――師匠が横で僕を看病してくれていた。

「で。どうだったんだい？」

「なにがですか」

「魔人と戦ったのだろう。ラズリーくんから聞いた。……きみの感想は？」

それはどうにも曖昧で答えにくい質問だ。でもとりあえず僕は言う。

「あれに勝つには、卑怯な手も惜しまず使わないといけないですね」

「おや。きみはその魔人に勝った立場なのだろう？」

「……いや。負けてましたよ。どう考えても」

「聞いていた話とは随分と違うね」

「分かってるでしょ、師匠」

「なんのことかな」

「……あれは、あいつにとっては、遊びだった。後半こそ本気で殺そうとしてきた感じはありましたけど、でも、正真正銘の本気とは言いがたい」

それは僕たちがスライムを相手にするのと同じだ。たぶん魔物の中で最下級に位置するであろう雑魚モンスターであるスライム。そのスライムを相手に、果たして僕は本気を出せるだろうか？　本気の殺意を抱けるか？　殺すために全身全霊を懸けられるか？　……無理だ。

サダレは後半こそ本気の殺気を向けてきた。でもそれが本当に１００パーセントの殺気だったのかは疑問だ。たとえばサダレが同格のライバル的存在に対して向ける殺気と同等だったのだろうか？　いや。あの本気というのはあくまでも――下等生物に向ける殺気の上限値だ。

「もし次があるのなら――次は勝てない。次は負ける。こんなことは、師匠くらいにしか漏らせないですけど……。たぶん次はライバルとして、サダレは僕たちの前に立ち塞がると思います。そのときには、いまの僕たちでは、勝てない」

「なるほど」

「つまり、まだまだ僕たちは強くならないといけない。……師匠に頼ることも増えるかもしれませんね」

ああ。

気がつけば僕は修行をおねだりしている。おいおい。僕は思う。これってまさか師匠に誘導されているわけではないだろうな？　あくまでも僕の心の底から湧いてきた感情だよな？　まさかまさか、師匠はこの言葉を僕から引き出すために僕の病室に足を運んだわけではないよな？

……師匠ならあり得るから、怖い。

師匠は僕の言葉を聞いて微笑む。微笑みながら言う。

「そういえばきみ、妹さんがいるよね。ミルキーちゃん、だったか。優秀だと聞いているよ」

「はい？　はい。いますよ。ミルキー。どこの学園に入学するのかは知らないですけど」

「ふむ。学園ね」

「……なんですか。その含みのある言い方は」

「いやいや。……実はすこし、私からきみに、お願いがあるんだよ」

「え？」

師匠から僕へのお願い？　なんだそれ。いままで経験したことがない。いつもいつもお願いするのは僕の側なのだ。師匠が僕にお願いしたことなんて本当にゼロなのだ。

僕が唖然としているうちに、師匠は二の句を継いだ。

「――【王立リムリラ魔術学園】に、潜入してもらいたい」

あとがき

すごく長い遠回りをしてしまったな、というのが第一の実感になります。

中学1年生の夏。「小説を書いているのって格好よくね?」というのが原点でした。

最初に書いた小説は携帯小説でした。二重人格の主人公がいたような気がします。拙い推理小説を書いてみたりとか。もちろんファンタジーも。恋愛とかも書いていたかな。

高校に入学してからは公募一本でした。

ライトノベルの賞に応募してみたり。一般文芸に手を出してみたり。はたまた純文学に首を突っ込んでみたり。2021年にはちょっとした賞をいただいたりもしました。

最近のことのように思えますが、振り返ってみると意外と昔です。


ちなみに『S級勇者は退職したい!』には前身があります。

『あまりにも友人達が強すぎるダンジョン探索』という小説です。

こちらは世界観も内容もまったく違います。いわゆる現代ダンジョン探索もの、と呼ばれるジャンルですね。それでもキャラクターは同一です。

サブローもいますし、ラズリーもスピカもドラゴンもシラユキもいます。

公募からWeb小説にシフトするにあたって一番に頭を悩ませたのが「Webでなにを書きたいのか」という部分でした。それを解消してくれたのがサブローたちです。彼らを書きたい。彼らが躍動する物語を書きたい。そして絶対に本にしてやる！　というのが一番のモチベーションでした。

今回の刊行に至り、声を掛けてくださった編集部の方々には頭が上がりません。担当様やイラストレーター様のご助力がなければ、今作は生まれなかったでしょう。支えてくださった友人たちや家族、先輩作家の方々（特に森山光太郎先生！　かれこれ10年以上もお世話になっています！）にも感謝しています。

なによりWeb版、書籍版含め、今作を読んでくださった皆様に、お礼申し上げます。本当にありがとうございました！

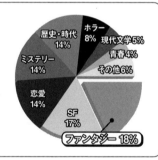

準備万端異世界トリップ
～森にいたイタチと一緒に旅しよう！～
著 浅葱
イラスト むに
イタチと一緒に
ゆったり異世界暮らし！
コミカライズ企画進行中！
17歳の夏休み。俺は山に登った。理由は失恋したからだ。山頂についた途端辺りが真っ白になった。そして俺は異世界トリップ（？）をしてしまった。深い森の安全地帯で知り合ったイタチ（？）たちとのんびり引きこもり。だって安全地帯を一歩出ると角のあるイノシシみたいな魔獣に突進されて危険だし。なんだかんだでチート能力を手に入れて、まったり異世界ライフを満喫します！
定価1,430円（本体1,300円＋税10%）　ISBN978-4-8156-2775-1
ツギクルブックス
https://books.tugikuru.jp/

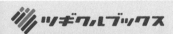

異世界で海暮らしを始めました
～万能船のおかげで快適な生活が実現できています～
著 ラチム
イラスト riritto
絶対に沈まない豪華装備の船でレッツゴー！
異世界で海上スローライフを満喫！
コミカライズ企画進行中！
毒親に支配されて鬱屈した生活を送っていた時、東谷瀬亜は気がつけば異世界に転移。
見知らぬ場所に飛ばされてセアはパニック状態に――ならなかった。「あの家族から
解放されるぅぅ――！」 翌日、探索していると海岸についた。そこには1匹の猫。
猫は異世界の神の一人であり、勇者を異世界に召喚するはずが間違えたと言った。セアの体が勇者と
見間違えるほど優秀だったことが原因らしい。猫神からお詫びに与えられたのは万能船。勇者に与え
るはずだった船だ。やりたいことをさせてもらえなかった現世とは違い、
ここは異世界。船の上で釣りをしたり、釣った魚を料理したり、たまには陸に上がって
キャンプもしてみよう。船があるなら航海するのもいい。思いつくままにスローライフをしよう。
とりあえず無人島から船で大陸を目指さないとね！
定価1,430円（本体1,300円＋税10％） ISBN978-4-8156-2687-7
ツギクルブックス
https://books.tugikuru.jp/

ツギクルブックス

愛読者アンケートに回答してカバーイラストをダウンロード！


愛読者アンケートや本書に関するご意見、橋本秋葉先生、憂目さと先生へのファンレターは、下記のURLまたは右のQRコードよりアクセスしてください。

アンケートにご回答いただくとカバーイラストの画像データがダウンロードできますので、壁紙などでご使用ください。

https://books.tugikuru.jp/q/202407/skyuyusha.html

本書は、「カクヨム」(https://kakuyomu.jp/)に掲載された作品を加筆・改稿のうえ書籍化したものです。

S級勇者《きゅうゆうしゃ》は退職《たいしょく》したい！

2024年7月25日　初版第1刷発行

著者　橋本秋葉《はしもとあきば》

発行人　宇草 亮
発行所　ツギクル株式会社
〒105-0001　東京都港区虎ノ門2-2-1
発売元　SBクリエイティブ株式会社
〒105-0001　東京都港区虎ノ門2-2-1

イラスト　憂目さと
装丁　株式会社エストール

印刷・製本　中央精版印刷株式会社

ISBN 978-4-8156-2774-4
Printed in Japan

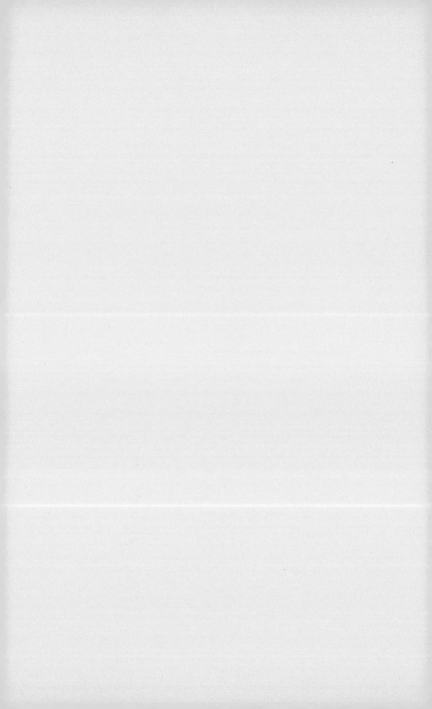